গল্প শুধু গল্প

প্রতিরক্ষার প্রেম কথা

ও

নানা স্বাদের গল্প

পাঞ্চালি চ্যাটার্জি

উৎসর্গ

এই বইটি আমি আমার গণিতের অধ্যাপক কে উৎসর্গ করছি—তিনি শুধুমাত্র একজন শিক্ষক ছিলেন না, ছিলেন আমার জীবনের পথপ্রদর্শক, দার্শনিক ও প্রেরণাদাতা।

জীবনের ক্লান্তির মুহূর্তে, যখন আমি নিজের চিন্তায় হতাশ হয়ে পড়তাম, তিনি আমাকে ভালোবাসা ও মমতায় গড়ে তুলেছিলেন। তাঁর বলিষ্ঠ ও প্রেরণাময় কথাগুলো আজও আমার মনে অনুরণিত হয়। তিনি আমাকে জীবনের মূল্য বোঝাতে শিখিয়েছেন—জীবনকে কীভাবে দেখতে হয়, তা তিনিই প্রথম দেখিয়েছেন।

জীবনের প্রতিটি কঠিন প্রশ্নের উত্তর আমি তাঁর কাছেই খুঁজে পেয়েছি। আজ তিনি আমাদের মধ্যে না থাকলেও, তিনি আমার মধ্যে আজও বেঁচে আছেন—আমার চিন্তায়, আমার কাজে, আমার পথচলায়।

ধন্যবাদ, স্যার।
এই জীবনের পথে যেন শান্তি ও দৃঢ়তার সঙ্গে চলতে পারি—
আপনার আশীর্বাদ চিরকাল আমার সাথে থাকুক।.

সূচীপত্র

প্রতিরক্ষার প্রেম কথা

সূচীপত্র

নানা স্বাদের গল্প

ভূমিকা

এই গ্রন্থটি কোনো নির্দিষ্ট ঘরানা বা একমাত্রিক ভাবনার মধ্যে আবদ্ধ নয়। এখানে রয়েছে প্রেম, স্মৃতি, বিশ্বাস, ইতিহাস, লোককথা এবং জীবনের নানা স্তরের অনুভব—যা কখনো নরম, কখনো বিস্ময়কর, আবার কখনো ভাবনার গভীরে নিয়ে যায়। এই বইয়ের লেখাগুলি রচিত হয়েছে সেই সব গল্পকে কেন্দ্র করে, যেগুলো আমরা প্রতিদিন ছুঁয়ে যাই, কিন্তু সচরাচর বলি না। এখানে নেই কৃত্রিম সংঘাত বা উচ্চস্বরে বলা নাটকীয়তা। বরং আছে নীরব সম্পর্ক, অব্যক্ত অনুভূতি এবং সময়ের আড়ালে পড়ে থাকা কিছু সত্য। "প্রতিরক্ষার প্রেমকথা" অংশে যেমন রয়েছে বিভিন্ন প্রেক্ষাপটে গড়ে ওঠা প্রেমের গল্প, তেমনই "নানা স্বাদের গল্প" অংশে পাওয়া যাবে ইতিহাস, সংস্কৃতি, বিশ্বাস ও স্মৃতির নানা রূপ। প্রতিটি লেখা পাঠককে আলাদা করে কিছু ভাবতে শেখায়—জীবনকে একটু ধীরে, একটু গভীরভাবে দেখতে শেখায়।

এই বই যদি পাঠকের মনে সামান্য নরম অনুভূতির স্পর্শ রেখে যেতে পারে, অথবা কোনো বিস্মৃত ভাবনাকে নতুন করে জাগিয়ে তুলতে পারে—তাহলেই এই লেখালেখির সার্থকতা।

— পাঞ্চালি চ্যাটার্জি

Date: 14 02 2026

About the Author

পাঞ্চালি চ্যাটার্জি একজন গৃহবধূ ও স্বতন্ত্র ভাবনার লেখক। তিনি মানুষের গল্প শুনতে ভালোবাসেন এবং সেই গল্পের আড়ালে লুকিয়ে থাকা অনুভূতি, স্মৃতি ও না–বলা কথাগুলিকে লেখার মাধ্যমে সবার সঙ্গে ভাগ করে নিতে বিশ্বাসী। বর্তমান সময়ের প্রচলিত টেলিভিশন ধারাবাহিকের মতো পারিবারিক দ্বন্দ্ব, শাশুড়ি–বউমার সংঘাত কিংবা কৃত্রিম নাটকীয়তা তাঁর লেখার বিষয় নয়। তিনি মনে করেন, জীবনের প্রকৃত সৌন্দর্য নিহিত থাকে নরম অনুভূতি, সংবেদনশীল সম্পর্ক ও মানবিক উপলব্ধিতে। তাঁর লেখার মূল উদ্দেশ্য হলো এমন কিছু অজানা বা ধীরে ধীরে বিস্মৃত হয়ে যাওয়া সত্যকে পাঠকের সামনে তুলে ধরা—যেগুলো জানা প্রয়োজন, অথচ সময়ের প্রবাহে হারিয়ে যেতে বসেছে। কঠোরতা নয়, কোমলতা; উত্তেজনা নয়, অনুভব—এই দর্শন নিয়েই তাঁর লেখালেখির পথচল

প্রতিরক্ষার প্রেম কথা

মুখবন্ধ

কালিদাসের 'মেঘদূত' কাব্যগ্রন্থের কথা আমরা অল্পবিস্তর সকলেই জানি। মেঘদূতের কথা বললেই আমাদের সকলেরই মনে পড়ে যায় অলকাপুরীতে বন্দি সেই শাপগ্রস্ত যক্ষকে, যে আষাঢ় মাসের প্রথম দিনে মেঘকে দূত করে চিঠি পাঠিয়েছিল তার বিরহী প্রেমিকাকে। আমরা সকলেই অনুভব করি সেই প্রণয়ী যুগলের বিরহবেদনাকে, চোখ ভিজে আসে আমাদের। কিন্তু দীর্ঘদিন প্রতিরক্ষা বাহিনীর কর্মচারীর স্ত্রী হবার সুবাদে আমি আমার চারপাশে প্রত্যক্ষ করেছি এমনি অনেক প্রণয়ী যুগলকে, যারা আর পাঁচটা প্রেমিক-প্রেমিকার মত রোজ মিলিত হতে পারে না বা দেখা করতে পারে না। প্রেমিক ব্যস্ত থাকে সবুজ সীমান্তে প্রহরারত অবস্থায়, আর প্রেমিকা কোনো এক ছোট্ট শহরের ছোট্ট এক কোণে নিজের প্রিয়তমের অপেক্ষায়। এইরকম বিরহী যক্ষ-যক্ষিণী মতোই দিন কাটে তাদের। তাদের মধ্যে দূত হিসেবে কাজ করে, না মেঘ নয়, কখনো কখনো চিঠি, কখনো কখনো টেলিফোন বা হাল আমলের মোবাইল। 'Out of sight, out of mind'—ইংরেজির এই কথাটি তাদের ক্ষেত্রে প্রযোজ্য হয় না। দূরে থাকলেও পরস্পরের প্রতি অদম্য মনের টান তাদেরকে চিরকালের জন্য এক করে রাখে। আমি বলছি প্রতিরক্ষা বাহিনীর সেই প্রেমিক যুবক বা তাদের প্রেমিকাদের কথা—সেই অরুণাভ-অদিতি, নির্মাল্য-মাহি, দিব্যেন্দু-নন্দিতা—এরকম আরও অনেক প্রণয়ী যুগলের গল্প, যাদের প্রেমকাহিনী আমার চোখে ধরা দিয়েছে, সেই বিরহ যক্ষ-যক্ষিণীর প্রেমরূপে।তাদের ভালোবাসা, বিরহের গল্প ধারাবাহিকভাবে প্রকাশিত হবে আমার 'প্রতিরক্ষার প্রেমকথা' প্রতিবেদনে।

আমার গল্পগুলো সব চলতি সত্যি ঘটনা অবলম্বনে লিখিত। গল্পের চরিত্রগুলো সত্যি, কিন্তু গোপনীয়তার স্বার্থে তাদের নাম ও স্থান পরিবর্তন করা হয়েছে।

1. "অরুণাভ অদিতির কথা"

সাল - ১৯৮৮,　　　　স্থান - মাও, মধ্যপ্রদেশ।

আজ সকাল থেকেই ব্যস্ত অদিতি। ঝাড়খণ্ডের একটি সীমান্ত শহরের রেলের বয়েজ স্কুলের রসায়নের শিক্ষিকা সে। অদিতি বরাবরই খুব স্বাস্থ্যসচেতন, তাই এনসিসির সঙ্গে যুক্ত। রসায়নের পাশাপাশি ছাত্রদের স্কুলে এনসিসির প্রশিক্ষণ দেয় সে। এই এনসিসির সুবাদেই ৫০ জন ছাত্রের একটি গ্রুপ নিয়ে সে কাল রাত্রে এসেছে মধ্যপ্রদেশের মাও-তে আর্মি হেডকোয়ার্টারে। এখানে আর্মি ও রেলের কোলাবরেশনে ছাত্রদের এনসিসির প্রশিক্ষণ দেবে আর্মির একটি দল।

এখানে এসে তার আলাপ হয়েছে ক্যাপ্টেন অরুণাভ চক্রবর্তীর সঙ্গে। আজ সেই প্রশিক্ষণ পর্বের শুরু। আর্মির অফিসারটি বাচ্চাদের প্রশিক্ষণ দলের প্রধান। ৬ ফুট লম্বা, সুদর্শন, ঝকঝকে অফিসারটি প্রথম দর্শনেই চোখ টানে সবার। কিন্তু প্রথম দিনেই ছন্দপতন! একি কঠিন প্রশিক্ষণ, রে বাবা! অদিতির ছাত্ররা এত কঠিন প্রশিক্ষণে অভ্যস্ত ছিল না, তাই প্রত্যেকটি বাচ্চা অসুস্থ হয়ে পড়েছে। চিন্তায় পড়ে অদিতি—হাজার হোক, বাচ্চাগুলো তার দায়িত্বে এখানে এসেছে। ধীর পায়ে এগিয়ে যায় সে অরুণাভর তাঁবুর দিকে। সরাসরি অভিযোগ করে তার কঠিন প্রশিক্ষণ ব্যবস্থা এবং বাচ্চাগুলোর শরীর নিয়ে। চোখ তুলে স্থির দৃষ্টিতে তাকায় অরুণাভ, সুশ্রী, তন্বী অদিতির দিকে। জিজ্ঞেস করে, "আপনার

পরিচয়?" অদিতি উত্তর দেয়, "আমার নাম অদিতি রায় চৌধুরী। আমি এই বাচ্চাগুলোর এনসিসি শিক্ষিকা।" দুষ্টু হাসি খেলা করে যায় অরুণাভর ঠোঁটে। বলে, "কি তৈরি করেছেন? এগুলো কি এনসিসি ক্যাডেট না ছাগলছানা? সামান্য দৌড়ঝাঁপেই এই হাল!" রাগে জ্বলে ওঠে অদিতি। তার পুত্রসম ছাত্রদের এই লোকটা কি না ছাগলছানা বলছে! কিন্তু পরিস্থিতি বিবেচনা করে রাগ সংবরণ করে সে। বলে, "দেখুন, বাচ্চাগুলোর মা-বাবা তো আমার ভরসাতেই তাদের ছেড়েছে। তাদের কিছু হলে আমি তো রেসপন্সিবল থাকবো।" অরুণাভ হেসে বলে, "ওকে, আই উইল সি।"

পরের দিন থেকে প্রশিক্ষণ ব্যবস্থা শিথিল করে অরুণাভ, এবং বাচ্চাগুলো ধীরে ধীরে মানিয়ে নিতে থাকে প্রশিক্ষণ ব্যবস্থার সঙ্গে। দেখতে দেখতে যাবার দিন এগিয়ে আসতে থাকে। এই ক'দিনে অরুণাভর সঙ্গে অনেকবার কথা হয়েছে অদিতির— কখনো প্রশিক্ষণ ব্যবস্থা নিয়ে, কখনো বাচ্চাদের অবস্থা নিয়ে। অরুণাভর প্রতি মনে একটা সম্ভ্রম তৈরি হলেও অন্য কোনো অনুভূতি কাজ করেনি। যাবার আগের দিন রাতে সুটকেস গুছাচ্ছিল অদিতি। ধীর পায়ে তার সামনে এসে দাঁড়ায় পুরোদস্তুর আর্মি পোশাকে সজ্জিত ক্যাপ্টেন অরুণাভ চক্রবর্তী। কোনরকম ভনিতা না করে বলে, রসায়নের শিক্ষিকা তার মন জয় করে ফেলেছে। সে তাকে জীবনসঙ্গী হিসেবে পেতে ইচ্ছুক। হতবুদ্ধি হয়ে দাঁড়িয়ে থাকে অদিতি! যখন হুঁশ ফেরে, তখন অরুণাভ আর তার সামনে ছিল না। সারারাত ঘুম আসে না অদিতির। পরের দিন ফেরার আগে অরুণাভর সঙ্গে দেখা করতে যায় অদিতি, কিন্তু অরুণাভ তখন

অন্য কাজে ব্যস্ত ছিল। তাই তার সিনিয়রের হাতে একটি চিরকুট দিয়ে ফিরে আসে সে। অরুণাভ তাঁবুতে ফিরে যখন সেই চিরকুটটি হাতে পায়, খুলে দেখে তাতে লেখা একটি ঠিকানা ও একটি ছোট্ট লাইন—"ইচ্ছে হলে চিঠি দেবেন।" অরুণাভ বুঝতে পারে না, অদিতি কী বলতে চেয়েছে। কিন্তু তার সিনিয়র তাকে আশ্বস্ত করে যে অদিতি ইতিবাচক উত্তর দিয়েছে। হাজার বাতির আলো জ্বলে ওঠে অরুণাভর মনে। এরপর অরুণাভ ফিরে যায় জলন্ধরে, তার বেস ক্যাম্পে। শুরু হয় দুজনের পত্রবিনিময়। সাল ১৯৮৮—ফোন ছিল না তখন, তাই চিঠিই হয়ে ওঠে দুই প্রেমিক-প্রেমিকার মনের প্রধান সেতু। চিঠির মাধ্যমে তারা জানতে পারে—তাদের পরিবার, ভালো লাগা, পছন্দ, কর্মজীবন সবকিছু সম্পর্কে। আর্মি জীবন সম্পর্কে কোনও ধারণা ছিল না অদিতির। অরুণাভর চিঠির মাধ্যমে জানতে পারে সকাল থেকে সন্ধ্যা কঠোর অনুশাসনে বাঁধা এক আর্মি অফিসারের জীবন সম্পর্কে। আর অদিতি জানায় ছোট্ট এক শহরের এক স্কুলশিক্ষিকার স্কুলজীবন এবং তার ছাত্রদের সম্পর্কে। এই চিঠির বন্ধনে বাঁধা পড়ে তারা এক অদৃশ্য সম্পর্কে। পিয়নের সাইকেলের আওয়াজ শুনলেই ছুটে যায় অদিতি, আর সারাদিন পরে তাঁবুতে ফিরে অরুণাভ যখন শুনে "শাহাব, আপকা চিঠি হ্যায়", তখন মনে পড়ে ঝাড়খণ্ড নিবাসী তার সুদূরের প্রিয়াকে। এইভাবে দু'বছর পত্রবিনিময় চলার পর ১৯৯০ সালের এক ফাল্গুনী সন্ধ্যায় অদিতি ঘরণী হয় ক্যাপ্টেন অরুণাভ চক্রবর্তীর। কিন্তু বিরহ পর্ব এখানেই শেষ হয় না তাদের। বিয়ের কিছুদিনের মধ্যেই অরুণাভ রাজীব গান্ধীর 'পিস কিপিং ফোর্সের 'সদস্য হয়ে এলটিটিই

এর বিরুদ্ধে যুদ্ধ করার জন্য শ্রীলংকার উদ্দেশ্যে পাড়ি জমায়। শুরু হয় তাদের দীর্ঘ বিরহ পর্ব। শ্রীলঙ্কাতে অরুণাভ কখন কোথায় থাকতো তার কোন কিছুই ঠিক ছিল না ।জঙ্গলে, বনে, পাহাড়ে বিভিন্ন জায়গায় তাদের তাবু খেলে থাকতে হত। এই অবস্থায় কোনভাবেই পরিবারের সঙ্গে যোগাযোগ করা একেবারেই সম্ভব ছিল না সৈনিকদের।তার ফলে দীর্ঘদিন অরুনাভর কোন খবরই পেত না অদিতি। টিভিতে আত্মঘাতী হামলায় নিহত সৈনিকদের ছিন্ন ভিন্ন দেহ দেখে চমকে উঠত অদিতি! মনে হতো এর মধ্যে অরুণাভ নেই তো? যাইহোক দু বছরের দীর্ঘ্য শ্রীলংকার জীবন কাটিয়ে ভালোভাবেই ফিরে আসে অরুনাভ। কালের নিয়মে আজ ৩০ বছর অতিক্রান্ত। দুজনেই এখন প্রৌঢ়ত্বের সীমানায় উপনীত। তাদের একমাত্র ছেলে আজ আমেরিকা প্রবাসী। আজ তারা কোথায় আছে, কেমন আছে, তা এই গল্পের উপজীব্য বিষয় নয়। কীভাবে শুধুমাত্র চিঠি আর অদম্য মনের টান বেঁধে রেখেছিল জলন্ধর নিবাসী অরুণাভ এবং ঝাড়খণ্ড নিবাসী অদিতিকে, তাই লিপিবদ্ধ করলাম এই গল্পে।

দূরত্ব কখনো বাধা হয়নি তাদের প্রেমে।

কালিদাসের যক্ষ-যক্ষিণীর মেঘের মতোই চিঠি কাজ করেছিল তাদের প্রেমের দূতেরূপে।

2. "নির্মাল্য - মাহির গল্প"

সাল – ২০০৩,   স্থান – জামনগর, গুজরাট

না! এবারেও ছুটি পাওয়া গেল না। আজ প্রায় চার বছর হয়ে গেল পুজোর ছুটি পায়নি নির্মাল্য। নির্মাল্য রায় – চন্দননগরের ছেলে, এখন ভারতীয় নৌসেনাতে কর্মরত। বর্তমানে গুজরাটের জামনগরের নৌসেনার একটি বিশেষ প্রশিক্ষণ ক্যাম্পে প্রশিক্ষণরত। মা অনেক অপেক্ষা করে আছেন — এবার হয়তো নির্মাল্য ছুটি পাবে। কাল জানতে চেয়েছেন ফোনে তার ছুটির কথা। ধুর! মেজাজটাই তেতো হয়ে গেল।

এমন সময় সে তার ঘরে ঢুকতে দেখল তার বন্ধু চিরাগ মেহেতাকে। চিরাগ গুজরাটি, আমেদাবাদের ছেলে, খুব ফুর্তিবাজ। ঘরে ঢুকেই হইহই করে উঠলো, "আরে দোস্ত! ডান্ডিয়া নাইটস-এর দুটো পাস জোগাড় করেছি, চল ঘুরে আসি। দারুণ সেলিব্রেশন হবে।"

'ডান্ডিয়া নাইটস' বা গারবা ডান্স গুজরাটের খুব বিখ্যাত ফেস্টিভাল। নবরাত্রির সময় ৯ দিন ধরে সারা গুজরাট জুড়ে এটি অত্যন্ত আনন্দ সহকারে অনুষ্ঠিত হয়। জামনগরের সমস্ত কলেজগুলোতে এই ফেস্টিভেলের পাস ইস্যু করা হয়। চিরাগের বোন শোভা জামনগরের একটি ওমেন্স কলেজের ছাত্রী — তার মাধ্যমেই এই ফেস্টিভেলের দুটো পাস জোগাড় করেছে চিরাগ।

যেতে ইচ্ছে করছিল না নির্মাল্যের, কিন্তু চিরাগের চাপাচাপিতে শেষ পর্যন্ত রাজি হয় সে। দুজনে পৌঁছে যায় জামনগরের নবরাত্রি সেলিব্রেশনে। খুব জমজমাট অনুষ্ঠান — খুব ভালো লাগে নির্মাল্যের, পুজোয় ছুটি না পাওয়ার দুঃখ কিছুটা হলেও ফিকে হয়ে আসে তার। দুজনেই মেতে ওঠে উৎসবের আনন্দে।

কিছুক্ষণ পরে চিরাগ নির্মাল্যকে নিয়ে যায় তার বোন শোভা ও তার বন্ধুদের সাথে আলাপ করাতে। আলাপ হয় সবার সাথে, কিন্তু নির্মাল্যের চোখ আটকে যায় শোভার পাশে দাঁড়িয়ে থাকা ঘনসবুজ রঙের লেহেঙ্গা পরিহিতা একটি মেয়ের দিকে। 'লাভ অ্যাট ফার্স্ট সাইট' কথাটি শুনলেও আগে বিশ্বাস করত না নির্মাল্য, কিন্তু সেই কথাটাই তার জীবনে এমনভাবে সত্যি হবে তা সে কখনো স্বপ্নেও কল্পনা করেনি। কথায় কথায় জানতে পারে মেয়েটির নাম মাহি দেশমুখ, শোভার কলেজের সাহিত্যের ছাত্রী সে। উৎসব শেষে ফিরে আসে চিরাগ ও নির্মাল্য। কিন্তু নির্মাল্যের মন জুড়ে তখন শুধুই মাহি। প্রথমে পাত্তা না দিলেও ক্রমে নির্মাল্য বুঝতে পারে, সে প্রেমে পড়েছে — ভালোবেসে ফেলেছে সেই গুজরাটি মেয়েটিকে।

চিরাগকে খুলে বলতেই সে হইহই করে ওঠে, "আরে দোস্ত, তুঝে তো পেয়ার হো গায়া!" ভালোবাসা কিনা জানে না নির্মাল্য, তবে মেয়েটিকে তার ভালো লেগেছে — এ বিষয়ে কোনো সন্দেহ ছিল না। এরপর চিরাগের সাহায্যে, তার বোন শোভার কাছ থেকে

মাহির ফোন নম্বর জোগাড় করে নির্মাল্য। ফোন করে বন্ধুত্বের ইচ্ছে প্রকাশ করে — তার সাথে মাহিও বাড়িয়ে দেয় বন্ধুত্বের হাত।

ক্রমে একসাথে ঘোরা, সিনেমা দেখা, এরপর রেস্টুরেন্টে খাওয়া-দাওয়া — জামনগরবাসের দিনগুলিকে রঙিন করে তোলে। কিন্তু তখনও মাহিকে নিজের মনের কথা খুলে বলে নি নির্মাল্য। সে বাঙালি, মাহি গুজরাটি — এই নিয়ে তার মনে একটু ইতস্তত ভাব ছিল। আদৌ কি মাহি রাজি হবে তার প্রস্তাবে? কিন্তু নির্মাল্যের জামনগরবাসের মেয়াদ ক্রমশই শেষ হয়ে আসছিল। এমনি এক উইকএন্ডে চিরাগ, নির্মাল্য, শোভা, মাহি — সকলে মিলে একটি উইকেন্ড ট্যুর প্ল্যান করে সোমনাথ মন্দির ও দ্বারকায়। বেড়াতে গিয়ে সোমনাথের মন্দিরে দাঁড়িয়ে সেদিন মাহিকে প্রথম নিজের মনের কথা খুলে বলে নির্মাল্য। আর নির্মাল্যকে অবাক করে দিয়ে মাহিও তার প্রস্তাবের ইতিবাচক উত্তরই দেয়। সেদিন সেই দ্বাদশ জ্যোতির্লিঙ্গের সামনে এক হয়ে যায় দুটি মন। এরপর জামনগর থেকে নির্মাল্য ফিরে আসে মুম্বইতে তার নাভাল বেসে। শুরু হয় দুই প্রেমিক যুগলের বিরহী জীবন।

সালঃ ২০০৩। তখন স্মার্টফোন না এলেও মোবাইল এসে গেছে মানব জীবনে। ফলে তাদের জীবনে প্রেমের দুত হিসেবে কাজ করে এই মোবাইল ফোন। নির্মাল্য মাহিকে বলে তার পরিবার, জাহাজ, নাবিক জীবন, সারাদিনের রোজনামচা — আর মাহি নির্মাল্যকে বলে তার কলেজ, বন্ধু, পরিবারের গল্প। দেখা হয় না তাদের, কিন্তু সারাদিনে ফোনে একবার কথা — বেঁধে রাখে বম্বে ও

জামনগরবাসী দুই প্রেমিক যুগলকে। মাঝে মাঝে নির্মাল্যকে বেরিয়ে পড়তে হতো ঝটিকা সমুদ্র সফরে — তখন আর মোবাইল ফোনেও কথা হত না তাদের মধ্যে। সেই সময় মনের টান ও একনিষ্ঠ অপেক্ষা এক করে রাখত এই দুই প্রণয়ী যুগলকে। সমুদ্র সফর থেকে ফেরার পর আবার মুঠোফোন এক করে দিত দুরে থাকা দুই প্রেমিক-প্রেমিকাকে।

এইভাবে তিন বছর তাদের মোবাইল প্রেম চলার পর অবশেষে ২০০৫ সালে বিবাহ বন্ধনে আবদ্ধ হয় দুজনে। প্রেম থেকে বিয়ে — এই যাত্রাটা খুব সহজ ছিল না তাদের কাছে। দুজনেই ভিন রাজ্যের বাসিন্দা হওয়ায় অনেক আপত্তি ও বাধা এসেছিল তাদের বিয়েতে। কিন্তু সমস্ত বাধাবিপত্তিকে দূরে সরিয়ে রেখে গুজরাটি কন্যে গাঁটছড়া বাঁধে বাঙালি বরের সাথে। এরপর কেটে গেছে অনেক সময়। দুজনেই এখন সুখী দম্পতি, দুই সন্তানের মাতা-পিতা।

এই ছিল আমার গল্পের দ্বিতীয় যক্ষ প্রণয়ী যুগল — যাদের বিরহের সময় দুত হিসেবে কাজ করেছিল মেঘের পরিবর্তে মুঠোফোন। এই মুঠোফোনেই বেঁধে রেখেছিল বম্বে ও জামনগরবাসী দুই প্রেমিক-প্রেমিকাকে — আলাদা হতে দেয়নি তাদের, বরং অবশেষে মিলিত হতে সাহায্য করেছিল তাদের।

3. "দিব্যেন্দু-নন্দিতার গল্প

সাল-১৯৯৯, স্থান-ওল্ড দিল্লি স্টেশন।

ভোর ৬:৩০। ইস! আরেকটু হলেই ট্রেনটা মিস হচ্ছিল। একরকম দৌড়ে ট্রেনটাকে ধরতে পারল দিব্যেন্দু আর ট্রেনে ওঠার সঙ্গে সঙ্গে চলতে শুরু করল কলকাতাগামী ডাউন কালকা মেল। একে তো যোধপুর থেকে দিল্লিগামী ট্রেনটি আজ সকালে লেট করে ওল্ড দিল্লি স্টেশনে ঢুকেছে, তার ওপরে দিল্লি স্টেশনে একটু ফ্রেশ হয়ে ব্রেকফাস্ট করেছিল দিব্যেন্দু—তার ফলেই ট্রেন ধরতে লেট হয়ে গেছে তার।

দিব্যেন্দু বোস, ভারতীয় বায়ুসেনার একজন কর্মচারী, কৃষ্ণনগরের ছেলে, বর্তমানে রাজস্থানের যোধপুরে কর্মরত। সিটে বসে রীতিমতো হাঁপাচ্ছিল দিব্যেন্দু। একে তো ছুটে ট্রেন ধরতে হয়েছে, তার ওপর প্রায় দেড় বছর পরে বাড়ি যাচ্ছে, ফলে সঙ্গে মালপত্র হয়েছিল প্রচুর।

এমন সময় দিব্যেন্দু লক্ষ্য করে, তার বিপরীত দিকের বার্থ থেকে তার দিকে একদৃষ্টে তাকিয়ে আছে বছর ২৩- এর এক তরুণী এবং সত্তরোর্ধ্ব এক বৃদ্ধা মহিলা। দুজনের ঠোঁটে কৌতুকপূর্ণ হাসি। একটু বিরক্ত হয় দিব্যেন্দু—তার প্রাণ যায় অবস্থা, আর এরা কিনা হাসছে! বিশেষ পাত্তা দেয় না সে, আগের রাতের জাগরণ এবং পথশ্রমে ক্লান্তিতে চোখ বুজে আসছিল দিব্যেন্দুর। মালপত্র যথাস্থানে রেখে উপরের বার্থে উঠে ঘুমিয়ে পড়ে সে।

ঘুম ভাঙে সেই দুপুরবেলা, যখন রেলের প্যান্ট্রি থেকে দুপুরের খাবার দিয়ে গেছে। লাঞ্চ করবার জন্য নিচে নেমে আসে দিব্যেন্দু। কিন্তু খাবার দেখে মেজাজ বিগড়ে যায় তার—সেই মোটা চালের ভাত, টলটলে ডাল, আধকাঁচা পুরি আর বিটকেল একটা তরকারি! খাবার নিয়ে নাড়াচাড়া করছিল দিব্যেন্দু, এমন সময় বিপরীত দিকের বার্থ থেকে ভেসে আসে সেই বৃদ্ধা মহিলার কণ্ঠস্বর— "থাক, আর খেতে হবে না। এমন খাবার যে খাওয়া অভ্যাস নাই, তা দেখেই বুঝতে পারছি। যদি কিছু মনে না করো, আমাদের সঙ্গে এসে খেতে পারো।" চমকে ওঠে দিব্যেন্দু, বলে, "আমি যে বাঙালি, কী করে জানলেন?"

স্মিত হেসে তরুণী জানায়, রিজার্ভেশন চার্টে তার 'দিব্যেন্দু বোস' নামটা দেখে তারা বুঝেছে সে বাঙালি। এরপর একটু ইতস্তত করে দিব্যেন্দু জিজ্ঞেস করে, "আমি খেলে আপনাদের কম পড়বে না তো?" ভদ্রমহিলা হেসে বলেন, "না বাবা, আমাদের যথেষ্ট পরিমাণে খাবার আছে, তুমি এসো, লজ্জা করো না।"

দিব্যেন্দু যোগ দেয় তাদের সঙ্গে। লুচি, আলুর দম, ডিম সেদ্ধ এবং মালপোয়ার সাথে এগিয়ে যায় আলাপচারিতা। দিব্যেন্দু নিজের পরিচয় জানায় এবং জানতে পারে মেয়েটির নাম নন্দিতা সরকার— উল্টোডাঙার বাসিন্দা, রবীন্দ্রভারতী বিশ্ববিদ্যালয়ে সংগীতের ছাত্রী। ঠাকুমাকে নিয়ে দিল্লিতে কাকার বাড়ি বেড়াতে গিয়েছিল সে, তিন মাস পরে কলকাতায় ফিরছে।

নন্দিতার পাশাপাশি তার ঠাকুমার সাথেও আলাপ হয় দিব্যেন্দুর। তিনি যথেষ্ট সপ্রতিভ মহিলা, যিনি পরবর্তীকালে দুজনের প্রেমের ক্ষেত্রে এক উল্লেখযোগ্য ভূমিকা পালন করেছিলেন। এরপর ঠিকানা বিনিময়, ফোন নম্বর আদান-প্রদান, জল আনা, খাবার আনা, ঠাকুমার পায়ে বাতের তেল মালিশ এবং নন্দিতার মিষ্টি গলায় দুই-একটা গান—এইভাবে সেই ট্রেন সফর দারুণভাবে কেটে গিয়েছিল দিব্যেন্দুর।

আলাদা করে প্রেম নিবেদনের প্রয়োজন হয়নি—হাওড়া স্টেশনে দুজনের দৃষ্টি বিনিময়ের মধ্য দিয়েই পরস্পরের মনের কথা পড়তে পেরে গেছিল তারা।

দেড় মাসের ছুটিতে এসেছিল দিব্যেন্দু। এই দেড়মাসে নন্দিতাদের বাড়ি যাওয়া, নন্দিতা কে নিজের বাড়ি নিয়ে যাওয়া, রেস্টুরেন্টে খাওয়া, কলকাতা ঘোরা—এইসব তাদের সম্পর্ককে আরও মজবুত করেছিল। এমনকি ঠাকুমার মধ্যস্থতায় দুই পরিবারের সম্মতিতেই তাদের বিয়ের কথাও পাকা হয়ে গিয়েছিল। তিন মাস পরে বিয়ের দিন স্থির হয়েছিল তাদের ।

এরপর দিব্যেন্দুকে ফিরে যেতে হয়েছিল তার কর্মক্ষেত্র যোধপুরে। আর এই সময় দুজনের মধ্যে সেতুরূপে কাজ করে টেলিফোন। তখন ফোনের এসটিডি চার্জ ছিল খুব বেশি, তাই দিব্যেন্দু প্রতিদিন ফোন করতে পারত না। রাত সাড়ে নটার পর এসটিডি চার্জ এক-তৃতীয়াংশ হয়ে যাবার পর ফোন করত সে ।

নন্দিতার সারা দিন কাটত ঘড়ির দিকে তাকিয়ে এবংমনে মনে একটি গান গুন গুন করে— "কখন তোমার আসবে টেলিফোন?"

দুজনেই বিভোর হয়ে থাকত তাদের আগামী বিবাহ এবং বিবাহ পরবর্তী জীবন নিয়ে —বিয়েতে কি রঙের বেনারসি কেনা হয়েছে, দিব্যেন্দুর জন্য কেমন নকশাদার পাঞ্জাবি কেনা হয়েছে, দিব্যেন্দু নন্দিতার জন্য কি উপহার কিনেছে, বিয়ের পর তারা কোথায় হানিমুন করতে যাবে, কিরকম পর্দা বেডকভার দিয়ে সাজাবে তাদের এয়ারফোর্সের কোয়ার্টার, এইসব আলোচনাতেই মগ্ন থাকতে দুজন

কিন্তু কথায় বলে 'মানুষ ভাবে এক, হয় আরেক'— 'দিব্যেন্দু নন্দিতার প্রেমের আকাশে হঠাৎ ছেয়ে যায় বিরহের কালো মেঘ. । 'বিনা মেঘে বজ্রপাতের, মত । ১৯৯৯ সালের মে মাসে কাশ্মীর সীমান্তে আছড়ে পড়ে ভয়াবহ কারগিল যুদ্ধ । জরুরী ভিত্তিতে রেড এলার্ট জারি হয় । সমস্ত প্রতিরক্ষা বাহিনী জুড়ে. এয়ার ফোর্স, আর্মি, নেভি র সমস্ত কর্মচারীদের ছুটি অনির্দিষ্টকালের জন্য বাতিল ঘোষণা করা হয়. দিব্যেন্দুর ছুটি বাতিল হয়ে যায় । পিছিয়ে যায় বিয়ের তারিখ. । অবিলম্বে তাকে রিপোর্ট করতে হয় কাশ্মীরের এয়ার ফোর্স বেসে. । বাগদত্তা কে পেছনে ফেলে যুদ্ধক্ষেত্রের পথে এগিয়ে যায় দিব্যেন্দু. । এয়ার ফোর্স বেসে টেলিফোন থাকলেও লাইন পাওয়া ছিল দুষ্কর তাই আবার চিঠি হয়ে ওঠে আবার দুই প্রেমিক-প্রেমিকার মধ্যে কার সেতু।

যুদ্ধক্ষেত্র থেকে দিব্যেন্দু প্রতিটি চিঠিতে লিখত তার যুদ্ধক্ষেত্রের জীবনের বর্ণনা । কিভাবে পাকিস্তানি গোলা গুড়িয়ে দিয়ে গেছে

আর্মি ট্রাক, কতজন এয়ারফোর্স, আর্মি জবান শহীদ হয়েছে, কিভাবে কানের পাশ দিয়ে বেরিয়ে গেছে গুলি, কিভাবে রাতের অন্ধকারে রেস্কিউ করতে হয়েছে আহত সেনাদের, এইসব চিঠির ছত্রে ছত্রে তুলে ধরতো সে । যা পড়ে আতঙ্কে শিউরে উঠতে নন্দিতা । কপালে হাত ঠেকিয়ে স্মরণ করত ভগবান কে ।. প্রতিটি চিঠির উত্তর দিত নন্দিতা । তার চিঠিতে থাকতো মামুলি কিছু কথাবার্তা এবং শেষে একটি আকুতি ভরা লাইন "কবে ফিরবে?"

'যা পড়ে দিব্যেন্দুর হয়তো মনে পড়তো বর্ডার সিনেমার সেই বিখ্যাত গানের লাইন"সন্দেশে আতি হে হামে তারপাতি হে"

যদি কখনো ফোনে লাইন পাওয়া যেত দীর্ঘ দু ঘণ্টা অপেক্ষা করার পর, দুটো কি একটি কথা হতো তাদের মধ্যে । কারণ পিছনে অনেক দিব্যেন্দু তাদের নন্দিতার সঙ্গে কথা বলার জন্য অপেক্ষা করতো লাইন দিয়ে ।. এই ভাবেই কখনো দু'একটি কথা আর চিঠির পর চিঠি জুড়ে রাখত, কাশ্মীর সীমান্তের প্রেমিক আর উল্টোডাঙার প্রেমিকাকে. । রাতের পর যেমন দিন আসে, তেমনি একদিন শেষ হয় এই ভয়াবহ যুদ্ধ । ভারতের তৎকালীন প্রধানমন্ত্রী অটল বিহারি বাজপেয়ি ২৬ শে জুলাই আনুষ্ঠানিকভাবে ঘোষণা করেন কারগিল যুদ্ধের পরিসমাপ্তির. । এই যুদ্ধে শহীদ হয়েছিল এয়ারফোর্স এবং আর্মির অনেক সেনা কিন্তু ভগবানের আশীর্বাদে হোক বা নন্দিতার ভালোবাসার টানেই হোক সমস্ত বিঘ্ন কে জয় করে একদিন দিব্যেন্দু ফিরে আসে নন্দিতার কাছে.

এর তিন মাস পর নভেম্বরের এক সন্ধ্যায়, চার হাত এক হয় দুজনের. । পুনের এয়ার ফোর্স স্টেশন এর নতুন কোয়ার্টারে শুরু হয় তাদের দাম্পত্য জীবন. । আজ তাদের দাম্পত্য জীবনের 21 বছর কেটে গিয়েছে. । দুজন দুজনের পরিপূরক হয়ে সুখে সংসার করছে. । সেই যুদ্ধকালীন তিন মাসের বিরহ পর্বকে একদিন ভয়াবহ মনে হলেও, আজ বড় মধুর লাগে নন্দিতার. । সাধে কি আর বলে— "বিরহ প্রেমকে আরও শক্তিশালী ।

তাই আজও কাজের ফাঁকে ফাঁকে নন্দিতা গুনগুনিয়ে ওঠে রবীন্দ্রনাথের সেই বিখ্যাত গানের লাইন

** "কেটেছে একেলা বিরহের বেলা, আকাশকুসুম চয়নে।" **

4. "রেহান- নাসিফার গল্প"

সাল - ১৯৯৭ স্থান - মালদা, পশ্চিমবঙ্গ

উপরের সাল ১৯৯৭ দেওয়া হলেও এই গল্পের শুরু অনেক আগে। সাল কেন ১৯৯৭ দেওয়া হল তা পাঠক ক্রমশ পরে বুঝতে পারবেন। মালদা জেলার একটি প্রত্যন্ত গ্রাম, এখানকার অধিকাংশ অধিবাসী মুসলিম ধর্মাবলম্বী। এখানেই ছোট থেকে বড় হয়ে উঠেছিল রেহান ও নাসিফা। তারা দুজনেই একই পাড়ায় থাকত এবং নাসিফার দাদা মনিরুলের বন্ধু ছিল রেহান, ফলে নাসিফাদের বাড়িতেও রেহানের যাতায়াত ছিল অবাধ। তাই এই দুই কিশোর-কিশোরী কখন তাদের মন দেওয়া-নেওয়া করেছিল সেটা স্বয়ং ঈশ্বর জানেন। তাদের এই সম্পর্কের কথা জানত একমাত্র মনিরুল।

রেহানের বাবা ছিলেন দরিদ্র কৃষক, ফলে খানিকটা বাধ্য হয়ে সংসারের হাল ধরতে মাত্র ১৮ বছর বয়সে বর্ডার সিকিউরিটি ফোর্সের চাকরিতে যোগদান করে রেহান। ১৯৯৭ সালের মে মাসে চাকরিতে যোগদানের জন্য রওনা দেয় রেহান। সেদিন বাড়িতে লুকিয়ে দাদা মনিরুলের সাথে রেহানকে মালদা স্টেশনে ছাড়তে এসেছিল নাসিফা। ছলছল চোখে রেহানকে একটাই প্রশ্ন করেছিল, "চিঠি দেবে তো?" উত্তরে রেহান মৃদু হেসেছিল শুধু। এই ভাবেই মাত্র ১৫ বছরের নাসিফা ও ১৮ বছরের রেহানের প্রেমে শুরু হয়েছিল বিরহ পর্ব।

১৯৯৭ সালে ফোন চলে এসেছিল, কিন্তু মালদার সেই প্রত্যন্ত গ্রামে তখনও ফোনের লাইন পৌঁছায়নি। তাই চিঠি হয়ে উঠেছিল আমার এই গল্পের নায়ক-নায়িকার প্রেমের দূত। চাকরির সূত্রে রেহানের পোস্টিং হত ভারতবর্ষের বিভিন্ন বর্ডারে। তখনও তাদের সম্পর্কের কথা তাদের পরিবারের লোকজন জানত না, সেইজন্য রেহান কখনো নাসিফার বাড়িতে সরাসরি চিঠি পাঠাতে পারত না। সে চিঠি দিত সেই গ্রামে নাসিফার পরিচিত একজনের বাড়িতে। নাসিফা তাই প্রতিদিনই সেই বাড়িতে খোঁজ নিতে যেত—কোন চিঠি এলো কি না? এতে হয়তো সেই বাড়ির লোকজন বিরক্ত হতো কিন্তু প্রেম কি আর অন্যের বিরক্তির তোয়াক্কা করে?

নাসিফা তার প্রতিটি চিঠিতে লিখত তার গ্রামের ছোট ছোট খুঁটিনাটি খবর—এবার মালদায় কেমন আম হয়েছে, করিম চাচার ছাগলটি কিভাবে তাদের বাগানের গাছ খেয়ে গেছে, কিভাবে ছোট ভাই হারুন সাইকেল থেকে পড়ে গিয়ে হাত ভেঙেছে, এবারে ঈদে আব্বাজান তাকে কী রঙের কাঁচের চুড়ি আর রঙিন ফিতে কিনে দিয়েছেন, আম্মি জান ইফতারে কেমন বিরিয়ানি বানিয়েছেন কিংবা ঈদের সন্ধ্যায় তার আম্মুর হাতের সেমাই তারা কিভাবে চেটেপুটে খেয়েছে—এই সমস্ত খুঁটিনাটি খবর জায়গা পেত তার চিঠিতে।

এই চিঠিগুলি পড়ে রেহান কোনো এক সুদূরের বর্ডারে প্রহরারত অবস্থায় দেখতে পেত তার গ্রামকে। ঈদের ছুটি না পাওয়ার দুঃখ তাকে ভুলিয়ে দিত নাসিফার এই চিঠিগুলি। নাসিফার বর্ণনায় সে জানতে পারত এবারের ঈদে তার গ্রামকে কেমন করে সাজানো

হয়েছে। সে কল্পনায় শুনতে পেত হাজী সাহেবের গলায় কোরআন পাঠ।

এইভাবে ভারতবর্ষের বিভিন্ন বর্ডারে—সে রাজস্থানের রুক্ষ বারমের বর্ডার হোক, পাঞ্জাবের পাঠানকোট বর্ডার হোক কিংবা কাশ্মীরের সিয়াচেন বর্ডার হোক—প্রত্যেকটি জায়গাতেই সে স্বাদ পেত তার মাতৃভুমির সুজলা-সুফলা ছোট্ট গ্রামটির।

রেহান তার চিঠিতে লিখত বর্ডারে তার সৈনিক জীবনের সকাল থেকে রাতের রোজনামচা। বারমের বর্ডারে সূর্যোদয়ের প্রথম আলোয় কিভাবে সোনালি হয়ে ওঠে মরুভূমির বালি, পাঠানকোট সীমান্তের নৈসর্গিক সৌন্দর্য, কিংবা সিয়াচেনের বরফগলা রাত—সবই ঠাঁই পেত তার চিঠিতে। এই ভাবেই সুদূর প্রবাসী প্রেমিকের সঙ্গে যোগসুত্র এআবদ্ধ থাকতো তার প্রেমিকা. চিঠিতে।

ক্রমে তাদের সম্পর্কের কথা জানাজানি হয় দুই পরিবারে। বিবাহের ক্ষেত্রে কোনো বাধা ছিল না তাদের, তাই ২০০৩ সালের দুই পরিবারের সম্মতিক্রমে তারা বিবাহ বন্ধনে আবদ্ধ হয় তারা ।

কিন্তু এখানেই বিরহ জীবন শেষ হয় না তাদের। বর্ডার সিকিউরিটি ফোর্সের কর্মচারীদের তাদের পরিবার সঙ্গে রাখা নিয়ম নেই, তাই বিয়ের পরেও নবপরিণীতা স্ত্রীকে গ্রামেই রেখে আবার বর্ডারে ফিরে যেতে হয় রেহানকে। তবে ধীরে ধীরে পরিস্থিতির কিছুটা পরিবর্তন হয়। ধীরে ধীরে দুই সন্তানের জন্ম এবং পারিবারিক কিছু কারণে নাসিফাকে গ্রাম থেকে চলে আসতে হয় মালদা শহরে।

এবং চিঠির জায়গা নেয় ফোন এবং তারপরে হাল আমলের মোবাইল।

প্রেমের মতো তাদের দাম্পত্য চলতে থাকে পরস্পরের থেকে দূরে থেকে। বিয়ের আগের মতো এখনো নাসিফা ফোনে গল্প করে তার সংসারের সমস্ত খুঁটিনাটি। ফোনের মাধ্যমে রেহান জানতে পারে সুদূরে তার সংসারের গল্প। ধীরে ধীরে তাঁদের দুই সন্তানের বড় হবার গল্প, তাদেরই অপূর্ণ দাম্পত্যে খুঁটি হিসেবে কাজ করে ফোন বা মুঠোফোন।

বছরে একবার দু'মাসের ছুটিতে বাড়ি যেতে পারত রেহান। সন্তানরা ফিরে পেত তাদের বাবাকে, নাসিফা ফিরে পেত তার প্রিয়তমকে। সুখে আনন্দে মধুর মিলনে কখন কেটে যেত দুটো মাস তা বোঝা যেত না। তারপর আবার শুরু হতো দীর্ঘ এক বছরের প্রতীক্ষা। কখনো কখনো টিভিতে শোনা যায় বর্ডারে হামলার গল্প, বিএসএফ জওয়ানদের শহীদ হবার গল্প। তখন এক নিদারুণ আতঙ্কে দিন কাটে নাসিফার। কিন্তু তারপরেই রেহানের একটা ফোন—"আমি ভালো আছি"—সমস্ত দুঃখকে ভুলিয়ে দেয় তার।

এইভাবেই একদিন ১৭ বছরের কর্মজীবন শেষ করে রেহান ফিরে যায় তার নাসিফার কাছে। পূর্ণতা পায় তাদের দাম্পত্য। এরকম আরো অনেক রেহান আছে, যারা সীমান্তে প্রহরারত অবস্থায় শহীদ হয়, ফিরতে পারে না তাদের পরিবারের কাছে। ভগবানের কাছে এটাই প্রার্থনা করি—তারা সুরক্ষিত থাকুক এবং হাজার হাজার রেহান ফিরে যাক তাদের নাসিফার কাছে।

অনেকেই হয়তো বলবেন এই গল্পটিতে সেরকম কোনো ঘটনা বা নাটকীয়তা নেই, কিন্তু সীমান্তে প্রহরারত হাজার হাজার সৈনিকের জীবন—যাদের কিনা প্রতি মুহূর্ত মৃত্যুর সাথে মুখোমুখি হয়ে জীবন কাটাতে হয়—আর তাদের প্রতীক্ষায় হাজার হাজার মাইল দূরে তাদের প্রেমিকারা বা স্ত্রী-সন্তানেরা দিন গোনে, তাদের জীবনের থেকে নাটকীয় আর কিছু আছে কি?

তাই বোধহয় বলা হয়, "Truth is stranger than fiction.".

5. "জংবাহাদুর - প্রিমীলার গল্প"

সাল – ২০০৮ স্থান – বোমডিলা, অরুণাচল প্রদেশ।

মুগ্ধ চোখে 'শিলা' লেকের সূর্যাস্ত দেখছিল প্রিমিলা। অস্তগামী সূর্যের সোনালি আলোয় চকচক করছিল শিলা লেকের জল। সূর্যাস্ত দেখতে দেখতে প্রিমিলার মনে পড়ছিল বীর নারী শিলার কথা, যে ১৯৬২ সালের চীন যুদ্ধে নিজের আত্মবলিদানের মাধ্যমে প্রাণ রক্ষা করেছিল কয়েক হাজার ভারতীয় সৈন্যের।

প্রিমিলার পুরো নাম প্রিমিলা থাপা। জন্মসূত্রে নাগাল্যান্ডের বাসিন্দা হলেও বর্তমানে বাবার চাকরিসূত্রে আসামের দিসপুরের অধিবাসী। এনথ্রপোলজির স্নাতক প্রিমিলা দিসপুরের একটি এনজিও-তে কর্মরত। বাবা-মা-দাদাকে নিয়ে ছোট্ট সংসার তাদের। আগেই ঠিক হয়েছিল এবার সকলে মিলে বোমডিলা বেড়াতে যাবে, কিন্তু শেষ মুহূর্তে দাদার ছুটি ক্যানসেল হওয়ায় বাবা-মাকে নিয়ে একাই বেড়াতে এসেছে প্রিমিলা।

হঠাৎ মায়ের চিৎকারে সম্বিৎ ফেরে প্রিমিলার। পিছন ফিরে তাকিয়ে দেখে বাবা বাম হাত বুকে চেপে ঘাসের উপরে বসে পড়েছে আর তার পাশে দাঁড়িয়ে মা পাগলের মতো চিৎকার করছে। তাড়াতাড়ি সেদিকে ছুটে যায় প্রিমিলা, গিয়ে দেখে বাবার চোখ মুখ ফ্যাকাশে—সেই সঙ্গে প্রচণ্ড ঘামছেন তিনি। তার বাবা একজন হার্ট পেশেন্ট বলে কিছু ওষুধ সব সময় তাদের কাছে থাকে। বাবার চোখে মুখে জলের ঝাপটা দিয়ে ব্যাগ থেকে একটা সরবিট্রেট বার

করে বাবার জিভের নিচে রাখে প্রিমিলা। কিন্তু বাবার অবস্থার বিশেষ কিছু পরিবর্তন হয় না। তখন পরিস্থিতি দেখে আশেপাশের বহু টুরিস্ট ছুটে এসেছে তাদের কাছে। তাদের মধ্যে একজন পরামর্শ দেয়—টুরিস্টদের হেল্প করার জন্য কাছেই অনেকগুলি অস্থায়ী আর্মি শিবির রয়েছে, তারা প্রিমিলাকে হেল্প করতে পারে।

পাগলের মতো আর্মি শিবিরের দিকে দৌড়ে যায় প্রিমিলা। তাঁবুর বাইরে ডিউটি করছিল এক রাজস্থানী যুবক। প্রিমিলা তাকে তার অবস্থা বোঝানোর চেষ্টা করে, কিন্তু সেই যুবক বিশেষ কিছু বুঝতে পারে না। প্রিমিলার চেহারায় নাগাল্যান্ডের ছাপ দেখে সে তাকে অপেক্ষা করতে বলে, ভিতরে গিয়ে তার সিনিয়ার জংবাহাদুর নেগীর কাছে বলে, "একটি মেয়ে সাহায্য চাইতে এসেছে, সম্ভবত আপনার রাজ্যের—আপনি একটু গিয়ে দেখুন।"

বাইরে আসে জংবাহাদুর। জংবাহাদুর নেগি নাগাল্যান্ডের ডিমাপুরের বাসিন্দা, বর্তমানে ইন্ডিয়ান আর্মির নাগা ব্যাটেলিয়নে কর্মরত। প্রিমিলা তার অবস্থার কথা খুলে বলে তাকে। জংবাহাদুর দৌড়ে যায়—কিছুক্ষণের মধ্যে একটি আর্মি জিপের ব্যবস্থা করে প্রিমিলার বাবাকে হাসপাতালে নিয়ে গিয়ে ভর্তির ব্যবস্থা করে সে।

এরপর আরও দু'দিন প্রিমিলার বাবাকে হাসপাতালে থাকতে হয়েছিল। ক্রমশ তিনি একটু সুস্থ বোধ করেন। এই দু'দিনে আরও কয়েকবার হাসপাতালে গিয়েছিল জংবাহাদুর। এর পরে প্রিমিলারা তড়িঘড়ি ফিরে আসে দিসপুরে।

আসার সময় প্রিমিলার মা জংবাহাদুরকে তার কৃতজ্ঞতা জানিয়ে এবং ঠিকানা দিয়ে বলেছিল—যদি কখনো দিসপুরের দিকে বেড়াতে যায় তবে নিশ্চয়ই যেন তাদের বাড়িতে আসে।

এরপর কেটে যায় প্রায় পাঁচ মাস। এরই মধ্যে একটা বিশেষ কাজে জংবাহাদুরকে গৌহাটি যেতে হয়েছিল। কাজ শেষে দু'দিনের ছুটি পাওয়াতে সে গিয়েছিল দিসপুরে, প্রিমিলাদের বাড়ি। সবাই খুব আনন্দিত হয়েছিল জংবাহাদুরকে দেখে—বিশেষ করে প্রিমিলার দাদার সাথে তার অত্যন্ত বন্ধুত্ব তৈরি হয়েছিল। প্রিমিলা এবং জংবাহাদুরের পরস্পরের প্রতি আলাদা কোনো অনুভূতি তৈরি হয়নি, কিন্তু প্রিমিলার বাবা-মা অত্যন্ত পছন্দ করেছিলেন জংবাহাদুরকে। এমন একটি কর্তব্যপরায়ণ, সৎ যুবককে জামাই হিসেবে পেতে সচেষ্ট হয়েছিলেন তারা। তাই সরাসরি বিয়ের প্রস্তাব উত্থাপন করেছিলেন জংবাহাদুরের কাছে।

প্রিমিলা এবং জংবাহাদুরের পরস্পরকে অপছন্দ ছিল না। তাছাড়া দুটি পরিবারই একই রাজ্যের এবং বৌদ্ধধর্মাবলম্বী হওয়ায় জংবাহাদুরের পরিবারের থেকেও কোনো আপত্তি আসেনি। তাই ২০০৮ সালের আগস্ট মাসে পরিণয় সুত্রে আবদ্ধ হয়েছিল প্রিমিলা ও জংবাহাদুর।

কিন্তু ভগবানের বোধহয় তাদের এত মসৃণ মিলন মঞ্জুর ছিল না। বিয়ের এক মাস পরেই তিন বছরের জন্য জংবাহাদুরের পোস্টিং হয় লাদাখে। লাদাখ নন-ফ্যামিলি স্টেশন, সেখানে নিজের পরিবারকে

নিয়ে যাবার অনুমতি নেই আর্মি জওয়ানদের। তাই নবপরিণীতা স্ত্রীকে রেখেই লাদাখের পথে রওনা দেয় জংবাহাদুর।

বিয়ের পরে কখনো ডিমাপুর বা কখনো দিসপুরে থাকত প্রিমিলা। জংবাহাদুরের পোস্টিং ছিল লাদাখের আর্মি বেস ক্যাম্প থেকে বেশ কয়েকশো ফুট উঁচুতে একটি বাঙ্কারে। সেখানে ফোন তো দূর অস্ত, চিঠিও সরাসরি পৌঁছানোর কোনো উপায় ছিল না। বাঙ্কারগুলিতে পোস্টেড আর্মি জওয়ানদের বাড়ি থেকে আসা সমস্ত চিঠি জমা থাকতো নিকটতম আর্মি বেস ক্যাম্পে। একটি নির্দিষ্ট সময় অন্তর একজন আর্মি জওয়ান জিপে করে নিকটতম ক্যাম্পে এসে প্রয়োজনীয় ওষুধ, খাবার, এবং কম্বল সংগ্রহ করে নিয়ে যেত—তখনই সেই সমস্ত চিঠিপত্র পৌঁছাত বাঙ্কারে পোস্টেড জওয়ানদের কাছে।

ফলে চিঠি কখন জংবাহাদুরের কাছে পৌঁছাবে তা জানা ছিল না প্রিমিলার। তবুও নিয়মিত চিঠি লিখত সে, আর অপেক্ষা করত—কবে লাদাখের বাঙ্কার প্রবাসী স্বামীর কাছ থেকে চিঠির উত্তর আসবে! কখনো যদি আর্মি বেস ক্যাম্পে আসত জংবাহাদুর, তখন তাদের মধ্যে ফোনে বাক্যলাপ হতো—কিন্তু সেটা হয়তো দু'মাস, তিন মাস পর পর।

সবচেয়ে আশ্চর্যের বিষয়, তিন বছরে একবারও ছুটি পায়নি জংবাহাদুর। প্রায় তিন বছর স্বামীকে চোখের দেখাও দেখতে পায়নি প্রিমিলা। এই ভাবেই দীর্ঘদিন পর একটি চিঠি, কদাচিৎ একটি

টেলিফোন, এবং সীমাহীন অপেক্ষার মধ্য দিয়ে দিন কাটতে থাকে প্রিমিলার।

এর মধ্যে ঘটে যায় এক অকল্পনীয় অঘটন। একদিন সকালবেলায় দিল্লি আর্মি হেডকোয়ার্টার থেকে ফোন করে জংবাহাদুরের পরিবারকে জানানো হয়—প্রচণ্ড তুষারধসে তছনছ হয়ে গেছে লাদাখের বেশ কয়েকটি আর্মি বাঙ্কার। শহীদ হয়েছেন কয়েকজন আর্মি সেনা। এমনকি লাদাখের সমস্ত আর্মি বেস ক্যাম্পের সাথে যোগাযোগ ছিন্ন হয়ে গেছে দিল্লি হেডকোয়ার্টার থেকে।

ফলে শহীদ জওয়ানদের পরিচয় সঠিকভাবে জানা যাচ্ছে না। পাগলের মতো হয়ে যায় প্রিমিলা এবং তার পরিবারের লোকজন। ক্রমাগত দিল্লি হেডকোয়ার্টারে ফোন করতে থাকে তারা। এই সময় প্রিমিলার দিন কেটেছিল এক নিদারুণ আতঙ্কে। ভগবান তথাগত বুদ্ধকে স্মরণ করে—এক একটি দিন ছিল যেন এক একটি বছর!

প্রত্যেকদিন খবরের আশায় তারা ফোন করতো দিল্লিতে, কিন্তু শুনতে পেত সেই এক কথা—"এখনো কোনো যোগাযোগ করা যাচ্ছে না"। এই সময় প্রিমিলা ও তার পরিবারের অবস্থার বর্ণনা আমি সঠিকভাবে দিতে পারব না—শুধু যারা এই অবস্থার মধ্য দিয়ে গেছে, তারাই শুধু বুঝতে পারবে তাদের অপরিসীম যন্ত্রণার কথা। কিন্তু না! ভগবান সব সময় এত নিষ্ঠুর হন না। প্রায় ১৫ দিন নিদারুণ আতঙ্কে কাটানোর পর দিল্লি হেডকোয়ার্টার থেকে খবর এসেছিল—তুষারঝড়ে বেশ কয়েকটি আর্মি ক্যাম্প গুড়িয়ে গেলেও সুরক্ষিত

ছিল জংবাহাদুরের বাঙ্কার, এবং সুরক্ষিত ছিল জংবাহাদুর। স্বস্তির নিঃশ্বাস ফেলেছিল প্রিমিলা ও জংবাহাদুরের পরিবার।

তারপর তিন বছরের লাদাখ পোস্টিং-এর মেয়াদ শেষ করে একসময় জংবাহাদুর ফিরে এসেছিল তার প্রিমিলার কাছে। এর পরে চাকরির সূত্রে জংবাহাদুরের পোস্টিং হয়েছে ভারতবর্ষের বিভিন্ন শহরে। কিন্তু আর কখনো বিচ্ছেদ ঘটেনি তাদের। প্রিমিলা এবং জংবাহাদুর যৌথভাবেই সংসার পেতেছে ভারতবর্ষের বিভিন্ন শহরে। এখন জংবাহাদুর আর্মি থেকে অবসর গ্রহণ করেছে। বর্তমানে সে কোহিমার একজন ব্যাংক কর্মী। সে এবং প্রিমিলা সুখে সংসার করছে। কিন্তু এখনো প্রিমিলা জংবাহাদুরকে ছেড়ে আর একটি দিনও থাকে না। বিবাহিত জীবনের শুরুর তিন বছরের বিরহ এবং সেই ভয়াবহ দুর্ঘটনা আজও নিদারুণ আতঙ্কের সঞ্চার করে প্রিমিলার মনে।

ভগবান বুদ্ধদেবের কাছে প্রার্থনা—যেন এইভাবে একসাথে সুখে বাকি জীবনটা কাটিয়ে দিতে পারে জংবাহাদুর ও প্রিমিলা।

পুনশ্চ: গল্পে উল্লেখিত 'শিলা' অরুণাচল প্রদেশের একজন বীর রমণী, যিনি ১৯৬২ সালে চীন-ভারত যুদ্ধের সময় আত্মবলিদানের মাধ্যমে প্রাণ রক্ষা করেছিলেন প্রায় ১০ হাজার ভারতীয় সৈন্যের। ভারত সরকারের উদ্যোগে বোমডিলাতে একটি লেক আজ তার নামে উৎসর্গীকৃত, যেটি বোমডিলাতে 'শিলা লেক' নামে খ্যাত। পাঠক চাইলে গুগল সার্চ করে শিলার গল্পটি পড়ে নিতে পারেন।

6. "জোসেফ-লিন্ডার কাহিনী"

সাল: ২০০৪ স্থান: কোচিন, কেরালা

ভারতবর্ষের দক্ষিণ সীমান্তের একটি রাজ্য কেরালা। অপূর্ব প্রাকৃতিক সৌন্দর্যের জন্য যাকে God's Own Country বলা হয়। সেই কেরালার সমুদ্রতীরবর্তী একটি শহর কোচিন। এখানে প্রচুর খ্রিস্টধর্মাবলম্বী পরিবারের বাস। এই গল্পের নায়ক-নায়িকা জোসেফ ফার্নান্ডেজ ও লিন্ডা গোমেজ জন্ম নিয়েছিল এমনই দুটি খ্রিস্টধর্মাবলম্বী পরিবারে।

তাদের দুজনের প্রথম দেখা ও প্রেমের বিস্তারিত বিবরণ আমার পক্ষে দেওয়া সম্ভব নয়, কারণ তা সঠিকভাবে আমি জানি না। শুধু এটুকু জানি, এক রবিবার সকালে চার্চের একটি প্রার্থনা সভায় জোসেফ ও লিন্ডার চার চোখের মিলন হয়েছিল।

ফার্নান্ডেজ ও গোমেজ পরিবার ছিল পরস্পরের সুপরিচিত। বিভিন্ন ধর্মীয় সভায় এবং অনুষ্ঠানে একত্রিত হতো তারা। কিন্তু জোসেফ ছোট থেকেই হোস্টেলে পড়াশোনা করার কারণে গোমেজ পরিবারের সঙ্গে বিশেষ পরিচিত ছিল না।

২০০৪ সালে ক্লাস টেনের বোর্ড পরীক্ষা পাস করার পর জোসেফ ফিরে আসে কোচিনে, তার পরিবারের কাছে। তখন সে পরিচিত হয় গোমেজ পরিবারের সঙ্গে। এরপর তারা ক্রমাগত মিলিত হতে থাকে–ক্রিসমাস, ইস্টার এবং নানা অনুষ্ঠান ও পার্টিতে।

প্রথমে বন্ধুত্ব, তারপর ধীরে ধীরে প্রেম–এভাবেই এগিয়ে যেতে থাকে তাদের সম্পর্ক। কোচিনের সমুদ্রসৈকত সাক্ষী থাকে দুই ১৬ বছরের কিশোর-কিশোরীর প্রেমের। ২০০৬ সালে দুজনে একসাথে টুয়েলভ-এর বোর্ড পরীক্ষায় উত্তীর্ণ হয়। এরপর জোসেফ ভারতীয় নৌবাহিনীতে যোগ দিয়ে বাইরে চলে যায়, এবং লিন্ডা কেরালার এরনাকুলাম শহরের একটি কলেজে গ্র্যাজুয়েশনের জন্য ভর্তি হয়।

২০০৬ সালে মোবাইল ছিল সকলের হাতে হাতে। তাই ভারতবর্ষের দুই প্রান্তের দুই কিশোর-কিশোরীর প্রেমের সেতু রূপে বিরাজ করে মোবাইল ফোন। জোসেফ ও লিন্ডা পরস্পরের সঙ্গে ভাগ করে নেয় তাদের কলেজ এবং চাকরি জীবনের নানা গল্প। দুজনেই ডিসেম্বর মাসে ক্রিসমাসের সময় ছুটিতে বাড়ি যেত, এবং এই এক মাসের মিলন পূরণ করে দিত তাদের এক বছরের বিরহকে।

তারপর গড়াতে থাকে সময়ের চাকা। ইতিমধ্যে লিন্ডা গ্র্যাজুয়েশন শেষ করে ভর্তি হয়েছে মাস্টার্সে, আর জোসেফ তিন বছর চাকরি করার পর যোগ দিয়েছে ভারতীয় নৌসেনার একটি বিশেষ অংশ–সাবমেরিন বা ডুবোজাহাজে।

তার এই সাবমেরিনে যোগ দেওয়ার ব্যাপারে পরিবারের একটু আপত্তি ছিল, কারণ সাবমেরিনের নাবিকদের জীবন জাহাজের নাবিকদের তুলনায় অনেক বেশি ঝুঁকিপূর্ণ হয় । কিন্তু জাহাজে

সমুদ্র সফরের সময় জোসেফের অত্যন্ত sea sickness হত, তাই সে এই সিদ্ধান্ত গ্রহণ করেছিল।

তার সাবমেরিনে যোগ দেওয়ার ব্যাপারে লিন্ডার কোনও আপত্তি ছিল না। সে বরাবরই সাহসী প্রকৃতির মেয়ে, সে উৎসাহ দিয়েছিল জোসেফকে।

এই সময় সাবমেরিনে প্রশিক্ষণ নেওয়ার জন্য জোসেফকে চলে আসতে হয়েছিল অন্ধ্রপ্রদেশের বিশাখাপত্তনম-এর একটি সাবমেরিনে।

এই সময়েও তাদের প্রেমকে জুড়ে রেখেছিল মোবাইল ফোন। জোসেফের এই ফোন প্রেমালাপের সাক্ষী ছিল আমার কর্তামশাই স্বয়ং।

সে এবং জোসেফ সেই সময় একই সাবমেরিনে কর্মরত ছিল। জোসেফকে মাঝেমধ্যেই দেখা যেত কাজের জায়গা থেকে একটু দূরে গিয়ে, অত্যন্ত নিচু গলায় ফোনে কারো সঙ্গে কথা বলতে। এই নিয়ে তার সহকর্মীদের ঠাট্টা-তামাশার শিকার হতো সে। কিন্তু সকল ঠাট্টা-তামাশা উপেক্ষা করে সে চালিয়ে যেত তার ফোনালাপ পর্ব।

এর পরে কেটে গেছে আরও তিনটি বছর। লিন্ডা তার মাস্টার্স সম্পন্ন করে ফিরে গেছে কোচিনে এবং যোগ দিয়েছে চার্চ-অধিকৃত একটি মিশনারি স্কুলে।

আর জোসেফ তার সাবমেরিনের প্রশিক্ষণপর্ব শেষ করে মুম্বাইয়ের নেভাল ডকইয়ার্ডে একটি সাবমেরিনে পোস্টেড হয়েছে। দুই পরিবার অনেকদিন ধরেই জানত তাদের এই সম্পর্কের কথা। ফলে দুই পরিবার থেকেই চাপ আসতে থাকে এবার বিয়ের জন্য।

২০১২ সালের ডিসেম্বরে ছুটিতে গিয়েছিল জোসেফ। এই ক্রিসমাস খুবই বিশেষ ছিল তাদের দুজনের জন্য–শুধু ক্রিসমাস পালনই নয়, দুই পরিবারের উপস্থিতিতে এনগেজমেন্ট পর্ব সারা হয়ে গিয়েছিল জোসেফ ও লিন্ডার। ২০১৩ সালের সেপ্টেম্বর মাসের একটি দিন বিয়ের জন্য ধার্য হয়েছিল।

অগাস্ট মাসের শেষ দিকে সারা কেরল জুড়ে পালিত হয় বিখ্যাত ওনাম উৎসব। সমস্ত কেরলবাসী মেতে ওঠে এই উৎসবে। ঠিক হয়েছিল, অগাস্ট মাসের ছুটিতে কোচিনে আসবে জোসেফ। দুই পরিবার একসঙ্গে পালন করবে সে বছরের ওনাম ফেস্টিভ্যাল, এবং তারপর চার্চে জেসাস ক্রাইস্টকে সাক্ষী রেখে চার হাত এক হবে দুজনের।

ছুটি শেষে জোসেফকে আবার ফিরে আসতে হয় মুম্বাইতে, তার কর্মক্ষেত্রে। এই সময় খুব একটা ফোন আলাপ চলত না দুজনের মধ্যে। জোসেফকে প্রায়ই তার সাবমেরিনে নিয়ে সমুদ্র সফরে বেরিয়ে পড়তে হতো। এক একটি সমুদ্র সফরের মেয়াদ ছিল দুই থেকে তিন মাস। মাঝখানে কয়েক দিনের বিরতি, আবার সমুদ্র সফর।

সে সময় দুজনেই অধীর আগ্রহে অপেক্ষা করছিল সেপ্টেম্বর মাসের সেই বহু আকাঙ্ক্ষিত দিনটির জন্য। কিন্তু সব কুঁড়ি যেমন ফুল হয়ে ফোটে না, তেমনি সব প্রেম পূর্ণতা পায় না। আমার অন্য গল্পের নায়ক-নায়িকার মত, জোসেফ ও লিন্ডার প্রেম বিয়ে অবধি পৌঁছয়নি।

২০১৩ সালের ১৪ই অগাস্ট, মধ্যরাত্রে মুম্বাইয়ের নেভাল ডকইয়ার্ডে ভারতীয় নৌসেনার সাবমেরিন 'আইএনএস সিন্ধুরক্ষক ' -এ ঘটে যায় এক মর্মান্তিক অগ্নিকাণ্ড।

এই অগ্নিকাণ্ডে শহীদ হয়েছিল ভারতীয় নৌবাহিনীর ১৮ জন সেনা। তাদের মধ্যে একজন ছিল জোসেফ ফার্নান্ডেজ। এই অগ্নিকাণ্ডে কত মানুষের সংসার, আশা-আকাঙ্ক্ষা যে পুড়ে ছাই হয়ে গিয়েছিল, তা আর বলার অপেক্ষা রাখে না। জোসেফের আর ফেরা হয়নি লিন্ডার কাছে, ফেরা হয়নি তার পরিবারের কাছে, পালন করা হয়নি ওনাম উৎসব। তার সমস্ত স্বপ্ন, ভালোবাসা তলিয়ে গিয়েছিল মুম্বাইয়ের নেভাল ডকইয়ার্ডের আরব সাগরের জলে।

এই ১৮ জন নৌসেনার অকালপ্রয়াণে শোকের ছায়া নেমে এসেছিল সমস্ত সাবমেরিন পরিবার জুড়ে। হাসিখুশি স্বভাবের জন্য তাঁর সহকর্মীদের কাছে খুব জনপ্রিয় ছিল জোসেফ। এখনও তার সহকর্মীরা চোখের জলে স্মরণ করে তাকে।

এই ঘটনার পর লিন্ডার কী হয়েছিল, সে কোথায় কেমন আছে– তার খবর আর কেউ রাখেনি। সময়ের সঙ্গে সঙ্গে সবাই ভুলে গেছে তাকে। কোনও সোশ্যাল নেটওয়ার্কিং সাইটে লক্ষ্য করা যায় না তার উপস্থিতি।

তবে শোনা যায়, সে নাকি আজও অবিবাহিতা। হয়তো কেরালার কোনও এক শহরের কোনও এক প্রান্তে বসে সে আজও অপেক্ষা করে চলে, তার ঘরে না ফেরা প্রেমিকের জন্য। হয়তো আজও চার্চের কোনও রবিবাসরীয় প্রার্থনা সভায় সে নীরবে গিয়ে দাঁড়ায় জেসাস ক্রাইস্ট-এর মূর্তির সামনে। তার জলভরা নির্বাক চোখে লুকিয়ে থাকে একটি জিজ্ঞাসা– "ফিরবে না, সে কি ফিরবে না, ফিরবে না আর কোনও দিন?"

পুনশ্চ:

মুম্বাইয়ে ২০১৩ সালে ঘটে যাওয়া এই অগ্নিকাণ্ড সম্পর্কে বিশদে জানতে গেলে, পাঠক গুগল বা ইউটিউবে সার্চ করতে পারেন।

7. "অরিন্দম-পায়েলের কাহিনী"

সাল: ২০০৫ স্থান: কলকাতা

সকাল ১০:৩০; হাওড়া স্টেশনের বাইরের বাসস্ট্যান্ডে দাঁড়িয়ে ছিল অরিন্দম। মাথার উপরে চৈত্রের সূর্য ক্রমশ তাপ বিকিরণ করে চলেছে। প্রচণ্ড গরমে হাঁসফাঁস অবস্থা! প্রায় আধঘণ্টা দাঁড়িয়ে আছে অরিন্দম। অথচ এখনও E1 বাস এল না। অরিন্দমকে আজ একটি বিশেষ কাজে যাদবপুরে যেতে হবে।

অরিন্দম চ্যাটার্জি, ভারতীয় নৌসেনার একজন কর্মচারী, বর্তমানে অন্ধ্রপ্রদেশের বিশাখাপত্তনমে পোস্টেড। এক মাসের ছুটিতে কলকাতায় নিজের বাড়িতে এসেছে সে। এমন সময় বাসস্ট্যান্ডে এসে দাঁড়াল–কাঁধে ব্যাগ, পরনে আকাশনীল চুড়িদার, চোখে রিমলেস চশমা পরিহিতা একটি বছর বাইশের তরুণী।

তাকে দেখে অরিন্দমের মনে হল–সত্যিই "বসন্ত এসে গেছে" এক কথায় মোটেই অপূর্ব সুন্দরী বলা যায় না মেয়েটিকে, কিন্তু এক অদ্ভুত স্নিগ্ধতা ও ব্যক্তিত্ব ঘিরে রয়েছে তন্বী শ্যামলা বরণ যুবতীটির চারিদিকে।

বিশেষ করে চশমার আড়ালে তার আয়ত চোখ দুটিতে এমন কিছু আছে, যা একবার দেখলে বারবার দেখতে ইচ্ছে করে। ১০

মিনিটের মধ্যেই এসে যায় বাস, এবং সেই মেয়েটি ও অরিন্দম একই বাসে ওঠে।

এই পুরো বাসযাত্রায় অরিন্দমের চোখ বারবার চলে যাচ্ছিল সেই মেয়েটির দিকে। কলেজ স্ট্রিটে নেমে পড়ে মেয়েটি। অরিন্দমের ইচ্ছে করে মেয়েটির পিছু পিছু নেমে পড়তে, কিন্তু কাজের গুরুত্ব বিচার করে সে আর সেই পথে যায় না।

কাজ শেষ করে নির্দিষ্ট সময়ে বাড়ি ফিরে আসে অরিন্দম। কিন্তু সারাদিন তার মন জুড়ে থাকে এক অদ্ভুত ভালো লাগা–সেই মেয়েটি যেন বারবার চোখের সামনে এসে দাঁড়ায়। ছুটিতে এসেছিল সে, তাই হাতে কাজ বিশেষ কিছু ছিল না। পরের দিন সকালে, এক অমোঘ টানে সে আবার হাজির হয় হাওড়া স্টেশনের বাইরে সেই বাসস্ট্যান্ডে। এবং তার প্রত্যাশা পূরণ করে কিছুক্ষণের মধ্যেই এসে দাঁড়ায় সেই তরুণী।

আজ তার পরনে কাঁচা হলুদ রঙের সালোয়ার-কামিজ। আজ আর সে একা নয়, সঙ্গে রয়েছে একজন বান্ধবী। যথাসময়ে বাস আসে, দুই বান্ধবীর পেছনে পেছনে অরিন্দম উঠে পড়ে বাসে। আজ বাস ফাঁকাই ছিল, তাই অরিন্দম জায়গা করে নেয় দুই বান্ধবীর পেছনের সিটে। এগিয়ে চলে বাস। দুই বান্ধবীর আলাপচারিতায়, সে ওই মেয়েটির সম্পর্কে অনেকগুলো তথ্য জোগাড় করে নেয়। মেয়েটির নাম–পায়েল ভট্টাচার্য।

শ্রীরামপুরের বাসিন্দা, কলকাতার একটি কলেজে ইকোনমিক্স-এর ফাইনাল ইয়ারের ছাত্রী।

আর সবচেয়ে গুরুত্বপূর্ণ সংবাদ হল—সাড়ে চারটের সময় পায়েলের কলেজ ছুটি হয়। দুই বান্ধবীর পেছনে পেছনে অরিন্দম নেমে পড়ে কলেজ স্ট্রিটে। আর তারপর তার সারাদিন কাটে কলেজ স্ট্রিটের বইপাড়ায় চক্কর মেরে, বসন্ত কেবিনে চিংড়ির কাটলেট খেয়ে, আর প্রেসিডেন্সি কলেজ চত্বরে বসে থেকে।

ঠিক সাড়ে চারটের সময়, পায়েলের কলেজের সামনে দাঁড়ায় অরিন্দম। নির্দিষ্ট সময়ে বেরিয়ে আসে পায়েল, এগিয়ে যায় বাড়ির পথে। পায়েল কিন্তু তখনও আন্দাজ করতে পারেনি, তার পিছু নিয়েছে একজন অজানা আগন্তুক।

হাওড়া স্টেশনে পৌঁছে পায়েল দেখে, তখনও ট্রেনের অ্যানাউন্সমেন্ট হয়নি। ভিড়ের হাত থেকে বাঁচতে পায়েল গিয়ে দাঁড়ায় হাওড়ার বিখ্যাত বড় ঘড়ির নিচে। অরিন্দম এগিয়ে যায় তার দিকে এবং বলে, সে তার সঙ্গে কিছু কথা বলতে চায়।

এই কথা বলতে চাওয়া বা বন্ধুত্ব করতে চাওয়া, এই ধরনের প্রস্তাব কলকাতার রাস্তাঘাটে চলাফেরা করা মেয়েদের কাছে নতুন কিছু নয়। তাই পায়েল বিশেষ পাত্তা দেয় না। অরিন্দম আরও এগিয়ে গিয়ে বলে, "আমি আপনাকে কিছু বলছি—উত্তর দেওয়াটা তো

ভদ্রতা!" এবার অরিন্দমের দিকে তাকায় পায়েল, রাগত স্বরে বলে, "কি ব্যাপার? রাস্তাঘাটে কেন মহিলাদের বিরক্ত করেন? আমি কিন্তু এবার পুলিশ ডাকতে বাধ্য হব!"

গম্ভীর হয়ে যায় অরিন্দম। গম্ভীর স্বরে বলে, "পুলিশ ডাকার মতো আমি কিছু করিনি। আর আমি একজন ডিফেন্স পার্সন, পুলিশের বাবা। আমি আপনার সাথে একটু কথা বলতে চাই। কিন্তু সেটা এখানে সম্ভব নয়। আমার ফোন নম্বর আপনাকে দিয়ে গেলাম। ইচ্ছে হলে ফোন করবেন।" বলে পায়েলের হাতে একটি চিরকুট প্রায় জোর করেই ধরিয়ে দিয়ে সেখান থেকে চলে যায় সে।

পায়েল একটু অবাক হয়–কলকাতার রাস্তায় মেয়েদের পেছনে লাগা আর পাঁচটা ছেলের সঙ্গে ঠিক মিলছে না তো! এর মধ্যে ট্রেনের অ্যানাউন্সমেন্ট হয়ে গিয়েছিল। চিরকুটটি ব্যাগে ফেলে প্ল্যাটফর্মের দিকে এগিয়ে যায় পায়েল। বাড়ি ফিরে বারবার পায়েলের মনে হচ্ছিল অরিন্দমের কথা। হ্যান্ডসাম, স্মার্ট যুবকটি যে তার মনেও দাগ ফেলেছে, সেটা সে বুঝতে পারে।

সকলের অলক্ষ্যে চুপিচুপি ফোন করে অরিন্দমকে। অরিন্দম খুব আনন্দিত হয় তার ফোন পেয়ে। তার সঙ্গে একবার দেখা করতে চায়। রাজি হয় পায়েল, কিন্তু নিজের নিরাপত্তার কথা ভেবে কফি হাউজ ছাড়া অন্য কোথাও দেখা করবে না–সেটা জানিয়ে দেয়। রাজি হয় অরিন্দম।

পরের দিন দুপুর দেড়টায়, অরিন্দম আর পায়েল মুখোমুখি মিলিত হয় কলেজ স্ট্রিট কফি হাউজে। দুজনেই নিজেদের সম্পর্কে বিস্তারিত জানিয়ে দেয় পরস্পরকে। এমনকি মজার বিষয়– অরিন্দম তার সার্ভিসের আইডেন্টিটি কার্ড দেখিয়েছিল পায়েলকে। এই ঘটনার কথা পায়েল একমাত্র বলেছিল তার বান্ধবী বিদিশাকে। বিদিশা বারবার সাবধান করেছিল পায়েলকে– আজকালকার ছেলেদের বিশ্বাস না করতে! এমনকি আইডি কার্ড– সেটাও স্ক্যান করে নকল করা যায়!

কিন্তু অরিন্দমের চোখের চাহনি, তার কথা বলার ধরণ, আর আন্তরিকতা দেখে তাকে অবিশ্বাস করতে পারেনি পায়েল। এই এক মাসের ছুটিতে আরও কয়েকবার মিলিত হয়েছিল তারা, কিন্তু স্থান ছিল সেই একটাই–কফি হাউজ। এর পরে ছুটি শেষে অরিন্দমকে ফিরে আসতে হয়েছিল বিশাখাপত্তনমে।

২০০5 সালে অরিন্দমের মোবাইল থাকলেও পায়েলের রক্ষণশীল বাবা তাকে তখনও মোবাইল দেননি। আর পায়েলের বাড়ির ল্যান্ডফোন ছিল তার বাবার ঘরে। সেই জন্য বাবার অনুপস্থিতিতে চুপিচুপি নিজেদের ল্যান্ডফোন থেকে পায়েল মিসকল করত অরিন্দমকে। আর সেই মিসড কল দেখে অরিন্দম ফোন করত পায়েলকে। এই ভাবেই চুপি চুপি চলতে থাকে তাদের প্রেমপর্ব। তারপর কেটে যায় ছটা মাস। ক্রমশ এগিয়ে আসে পায়েলের বিএসসি ফাইনাল পরীক্ষা।

এই সময় নৌবাহিনীর একটি বিশেষ প্রশিক্ষণ নেওয়ার জন্য প্রায় এক বছরের জন্য অরিন্দমের ট্রান্সফার হয় রাশিয়ার সেন্ট পিটার্সবার্গে। এই সময় তাদের দুজনের প্রেমের ক্ষেত্রেও পরিস্থিতি খানিকটা জটিল হয়েছিল। পায়েলের বাবা জানতে পেরেছিলেন তাদের সম্পর্কের কথা এবং তিনি সেই সম্পর্ককে মেনে নেননি।

সেন্ট পিটার্সবার্গ যাবার সময় খানিকটা উৎকণ্ঠিত হয়েই অরিন্দম পায়েলকে বলেছিল– "তুমি আমার জন্য অপেক্ষা করবে তো?" পায়েল আশ্বস্ত করে বলেছিল, "করব।" এরপর রাশিয়া চলে যায় অরিন্দম।

রাশিয়া আর ভারতের সময় পার্থক্য প্রায় ছয় ঘণ্টা। আর পায়েলের বাবার আপত্তির কারণে এই সময় অরিন্দম পায়েলদের বাড়ির ফোনে ফোন করতে পারত না। আর পায়েলের পক্ষেও আইএসডি ' র বিপুল খরচ সামলে অরিন্দমকে ফোন করা সম্ভব হতো না। কিন্তু কথায় আছে, ভগবান একটি দরজা বন্ধ করে দিলেও আরেকটি দরজা খুলে দেন।

বান্ধবী বিদিশার পরামর্শে পায়েল তাই সাইবার ক্যাফেতে গিয়ে খুলে ফেলে তার ইমেইল আইডি। এবং এই দুই প্রেমিক যুগলের মধ্যে শুরু হয় ইন্টারনেট চ্যাটিং এবং মেইল চালাচালি। নিজের বিএসসির রেজাল্টের ফটোকপি, দিদির সদ্যোজাত পুত্রের ছবি,

মাহেশের রথযাত্রা–এমনকি মামার বিয়েতে কেমন করে সেজে ছিল, তাও মেইল করে পাঠাতে থাকে পায়েল।

অরিন্দম তাকে পাঠায় ডিফেন্সের বিভিন্ন পার্টির ছবি, সেন্ট পিটার্সবার্গের বরফাবৃত উপত্যকা, বিভিন্ন টুরিস্ট স্পট– Hermitage Museum, Peterhof, White Night Festival-এর বিভিন্ন ছবি।

এই ভাবেই প্রতিদিন একটি করে মেইল এবং সপ্তাহে দুই-তিনবার ইন্টারনেট চ্যাটিং জুড়ে রাখে সেন্ট পিটার্সবার্গ ও শ্রীরামপুরবাসী প্রেমিক-প্রেমিকাকে। সারাদিন কাজের পরে এসে যখন নিজের পার্সোনাল কম্পিউটার ওপেন করে অরিন্দম এবং মেইলবক্সে পায়েলের মেইল দেখে, তখন সেন্ট পিটার্সবার্গের -৩০ ডিগ্রি তাপমাত্রাও তার কাছে বয়ে আনে বসন্তের এক ঝলক বাতাস। আর প্রতিদিন অন্যান্য কাজের সঙ্গে সঙ্গে সাইবার ক্যাফেতে গিয়ে মেইল চেক করা হয়ে দাঁড়ায় পায়েলের নিত্য রুটিন। এরপর কেটে যায় একটি বছর, ফেরার সময় হয়ে যায় অরিন্দমের। এই সময় তাদের প্রেমের জটিল পরিস্থিতিও কিছুটা সহজ হয়েছে। পায়েলের বাবা মেনে নিয়েছেন তাদের সম্পর্ককে। ২০০৭ সালের জানুয়ারি মাসে দেশে ফিরে আসে অরিন্দম এবং সেই সময় দুই পরিবারের মধ্যস্থতায় তাদের বিয়ের কথা পাকা হয়।

এই সময়ে পায়েল তার জীবনের চব্বিশটি বসন্ত পার করে ফেলেছিল, তাই তার বাবা তাকে জন্মদিনে একটি মোবাইল উপহার দেন। এরপর দুজনের কথা বলতে আর কোনো বাধা থাকে না। এরপর দুজনে সাদা বাংলায় যাকে বলে– “চুটিয়ে প্রেম করা” –তাই করে। এরপর ২০০৭ সালের এক বৈশাখী সন্ধ্যায় পরিণয়সূত্রে আবদ্ধ হয়ে যায় দুজনে। তারপর তারা তাদের দাম্পত্য জীবন শুরু করে বিশাখাপত্তনম শহরে। আজ তাদের বিবাহিত জীবন ১৪ বছরের চৌকাঠে উপনীত হয়েছে। এক কন্যা সন্তানকে নিয়ে সুখের সংসার তাদের।

আজও কোনো গোধূলি বেলায়, সূর্যাস্তের ম্লান আলোয়, নিজেদের ফ্ল্যাটের ব্যালকনিতে বসে চা খেতে খেতে দুজনে স্মৃতি রোমন্থন করে তাদের প্রথম দেখা হবার দিনটির। পায়েল অরিন্দমকে জিজ্ঞেস করে– "সেদিন তুমি কী দেখেছিলে আমার মধ্যে?"

অরিন্দম উত্তর দেয় রবীন্দ্রনাথের ভাষায়–
"প্রহর শেষের আলোয় রাঙা সেদিন চৈত্র মাস
তোমার চোখে দেখেছিলেম আমার সর্বনাশ...

"৪. "আকাশ-রাহীর গল্প"

সাল: ২০১৯ স্থান: হায়দ্রাবাদ

ফোনটা বেজে বেজে কেটে গেল, তবু আকাশ ফোনটা ধরল না। এই নিয়ে রাহী কমপক্ষে ১০ থেকে ১২টি ফোন করল আকাশকে। বাধ্য হয়ে ফেসবুক এবং হোয়াটসঅ্যাপে আকাশের সাথে যোগাযোগের চেষ্টা করল, কিন্তু সেখানেও কোনও যোগাযোগ করা গেল না।

এই প্রসঙ্গে আকাশ ও রাহীর একটু বিস্তারিত পরিচয় দেয়া যাক। আকাশ চৌধুরী-রাহী চৌধুরী, মাত্র ছয় মাসের নববিবাহিত দম্পতি। রাহী হায়দ্রাবাদের একটি মাল্টিন্যাশনাল কর্পোরেট সেক্টরে প্রজেক্ট ইঞ্জিনিয়ার হিসেবে কর্মরত, আর আকাশ আইটিবিপির একজন অফিসার। আইটিবিপি বা 'ইন্দো টিবেটান বর্ডার পোলিস' হলো বিএসএফ, সিআরপিএফের মতই একটি ভারতীয় প্যারামিলিটারি ফোর্স। তবে তাদের পোস্টিং সাধারণত দেশের অভ্যন্তরে বিভিন্ন উপদ্রুত এলাকা এবং জঙ্গলমহলে। সেই জন্য আকাশের বর্তমান পোস্টিং ছত্রিশগড়ে, মাওবাদী অধ্যুষিত একটি জঙ্গলমহল। আকাশ ও রাহীর জন্ম ও বেড়ে ওঠা অন্ধ্রপ্রদেশের বিশাখাপত্তনমে। দুজনের বাবাই বিশাখাপত্তনম স্টিল প্ল্যান্টে কর্মরত। তাই ছোট থেকেই পরস্পরকে চেনে তারা। এরপর ক্লাস ওয়ান থেকে টুয়েলভ অব্দি ভাইজাগের 'দিল্লি পাবলিক স্কুলে' পড়াশোনা এবং তারপরে কানপুর আইআইটিতে ইলেকট্রনিক্স ইঞ্জিনিয়ারিং নিয়ে পড়াশোনা–সব একসাথে। তাই

ছোটবেলার খেলার সাথী থেকে সহপাঠী এবং সহপাঠী থেকে পরস্পরের মনের মানুষ হয়ে উঠতে বেশ সময় লাগেনি তাদের। দুজনেই পড়াশোনায় অত্যন্ত মেধাবী; বিভিন্ন পরীক্ষায় চোখ ধাঁধানো রেজাল্ট করেছিল, অবাক করা!

আকাশ ও রাহীর সম্পর্কে দুই পরিবারের তরফ থেকে কোনো বাধা আসেনি। আকাশ ছিলেন হ্যান্ডসাম, স্মার্ট, ঝকঝকে একজন যুবক, আর রাহী–সুন্দরী, মেধাবী, বাবা মায়ের অত্যন্ত আদরের একমাত্র কন্যা। এই পর্যন্ত সব ঠিকই ছিল, কিন্তু গোল বাঁধলো ইঞ্জিনিয়ারিং পাশ করার পর। কর্পোরেট সেক্টরের লোভনীয় মাইনের চাকরির হাতছানিকে উপেক্ষা করে আকাশ বসলো ইউপিএসসি পরীক্ষায়, এবং উত্তীর্ণ হবার সঙ্গে সঙ্গে যোগ করলো আইটিবিপিতে একজন অফিসার হিসেবে।

আকাশের পরিবারের সকলেই এবং রাহী পপি পপি করে আকাশকে মানাতে চেয়েছিল এই চাকরিতে যোগ দিতে, কিন্তু আকাশ বরাবরই অ্যাডভেঞ্চারপ্রিয়। সিলভেস্টার স্ট্যালোন তার প্রিয় নায়ক। পড়াশোনার পাশাপাশি সাঁতার, ক্যারাটে, বাস্কেটবল এবং জিমে গিয়ে নিয়মিত শরীরচর্চা–সবই ছিল তার দৈনন্দিন রুটিন।

আকাশ ও রাহীর বিয়ে নিয়ে সামান্য আপত্তি তৈরি হয়েছিল রাহীর বাবা-মায়েদের মধ্যে। তারা চেয়েছিলেন তাদের মেয়ে জামাই একসাথে সুখে সংসার করবে। তারা যেমন আগলে রেখেছিলেন তাদের মেয়েকে, তেমনি জামাইও আগলে রাখবে তাদের আদরের কন্যে টিকে।

কিন্তু আকাশের চাকরির ধরন দেখে তারা বুঝেছিলেন–রাহী কখনোই আকাশের সাথে জঙ্গলমহলে গিয়ে থাকতে পারবে না; আর আকাশের পোস্টিং কোনো বড় শহরে হবে না। কিন্তু একমাত্র মেয়ের ইচ্ছে যখন তাদের কাছে গুরুত্ব পায়, তারা সমস্ত আপত্তিকে দূরে সরিয়ে দেন।

২০১৯ সালের এক ফাল্গুনি সন্ধ্যায় বিবাহ বন্ধনে আবদ্ধ হয় দুজনে। প্রসঙ্গত–এই বিয়েতে আমিও ছিলাম একজন নিমন্ত্রিত অতিথি। বিয়ের পর আকাশের পোস্টিং হয় ছত্তিশগড়ে, আর রাহী চাকরি নিয়ে চলে যায় হায়দ্রাবাদে। চিঠি, টেলিফোন, মোবাইল–এ সব ছিল অতীত। সালটা ২০১৯, এখন ঘরে ঘরে স্মার্টফোন, ফেসবুক টুইটার হোয়াটসঅ্যাপের ছড়াছড়ি। সোশ্যাল মিডিয়ায় তো বটেই, প্রতিদিন অন্তত দুবার ভিডিও কল হয় এই দুই নবদম্পতির। আর কথোপকথনের শুরু হয় ঝগড়ার মাধ্যমে। রাহির সব সময় একটাই কথা– "প্লিজ, ছেড়ে দাও এই চাকরি, এত টেনশন আমি আর নিতে পারছি না। আমার বন্ধুদের স্বামী সবাই তাদের সঙ্গে থাকে, আর আমার বর আমাকে ছেড়ে দিয়ে কোন এক জঙ্গলে পড়ে আছে।"

আকাশ ঝগড়া করেন না; বিয়ের পরও তার নতুন বউকে 'তুই' করে কথা বলে। বলে– "ধুর, অ্যাডভেঞ্চার না থাকলে জীবন কি? ওই কর্পোরেট সেক্টরের পলিটিক্স, টার্গেট ফিলাপ, বসকে খুশি করা–সবই আমার পোষায় না। আমি এখানেই ভালো আছি।"

এইভাবেই মান-অভিমান, ঝগড়ায় শেষ হয় তাদের মিষ্টি দাম্পত্য আলাপ। এইভাবে কেটে যায় ছয় মাস।

আজ সকালেই–সাড়ে দশটায় অফিসে এসেছিল রাহী। অফিসে বেরোনোর আগে তাড়াহুড়োয় আকাশের সাথে কথা হয়নি তার। অফিসে পৌঁছে দুই থেকে তিন ঘণ্টা প্রচণ্ড কাজের চাপ, মাথা উঁচু করার জো নেই! লাঞ্চ টাইমে একটু ফ্রি হলো সে, ভাবলো– "লাঞ্চ সেরে আকাশের সাথে কথা বলব"

ডাইনিং রুমে গিয়ে বসে রাহী। সেখানে স্টাফদের মনোরঞ্জনের জন্য একটি বড় এলইডি টিভি আছে। খেতে খেতে সহকর্মীদের সঙ্গে গল্প করছিল রাহী। হঠাৎ টিভির পর্দায় ভেসে ওঠে একটি খবর– "ছত্রিশগড়ের এক জঙ্গলমহলে মাওবাদী হামলায়, দুজন অফিসারসহ ৬ জন আইটিবিপি জওয়ান নিহত।"

ইউনিটের নাম দেখে চমকে ওঠে রাহী–আর এটাই তো আকাশের ইউনিট! খাওয়া ফেলে, পাগলের মতো দৌড়ে যায় সে। অনবরত ফোন করতে থাকে আকাশকে, কিন্তু কিছুতেই যোগাযোগ হয় না। ততক্ষণে রাহীর অবস্থা দেখে সহকর্মীরা ছুটে আসে। সবাই জানতে চায়, কী ঘটেছে? কিন্তু প্রচণ্ড মানসিক দুশ্চিন্তা আর টেনশনে রাহী ভারসাম্য হারিয়ে ফেলে–জ্ঞান হারিয়ে পড়ে। জ্ঞান ফিরে আসে, এবং চারপাশে পেয়ে, উদ্বিগ্ন সহকর্মীর মুখ। এমনকি সেখানে উপস্থিত ছিলেন প্রজেক্ট ডিরেক্টর–মিসেস স্বামীনাথন। অফিসে 'রাশভারী' নামে পরিচিত এই মহিলা রাহীর মাথায় হাত রেখে বলেন– "Don't worry, my child। Everything will be alright." এমন সময় ফোন বেজে ওঠে রাহীর; ফোনটা হাতে নিয়ে দেখে– 'বাবা কলিং'। ফোনটা ধরতেই ভেসে আসে বাবার উদ্বিগ্ন কণ্ঠ– "কিরে! মা, এখন ঠিক আছিস?

শরীরটা ভালো লাগছে তো?” কোনোক্রমে উত্তর দেয় রাহী। আসলে, তার অজ্ঞান হয়ে যাওয়ার ঘটনা সহকর্মীরা ফোন করে রাহীর বাবাকে জানিয়েছিল। একটু থেমে, বাবা আবার বলেন– “চিন্তা করিস না, মা। আকাশ একদম ঠিক আছে। আমার সঙ্গে কথা হয়েছে।” রাহী উত্তেজনায় উঠে দাঁড়ায়, বলেন– “কি বলছো বাবা, তোমার সঙ্গে কথা হয়েছে?”

বাবা বলেন– “হ্যাঁ, তোকেও ফোন করেছিল, কিন্তু তোর শরীর খারাপ ছিল বলে হয়তো ধরতে পারিসনি। তুই একবার ফোন করে নে।” বাবার ফোনটা রেখে দেয়ার পর রাহী নিজের ফোন চেক করে; সত্যিই আকাশের চারটে মিসড কল! সঙ্গে সঙ্গে আকাশকে ভিডিও কল করে সে। এখন শুধু কথা নয়, চোখের দেখা না দেখে শান্তি হচ্ছে না তার। ফোনের স্ক্রিনে ভেসে ওঠে আকাশের হাসিমুখ; বলে– “কিরে পাগলী! ভেবে ছিলি মরেছে গেছি? আরে চিন্তা করিস না, এত সহজে তোকে ছেড়ে আমি যাব না।” আজ আর ঝগড়া করতে পারে না রাহী! ফোনটাকে আঁকড়ে ধরে ঝর ঝর করে কান্নায় ভেঙে পড়ে সে।

এই ঘটনার পর আকাশের ট্রান্সফার হয় তেলেঙ্গানা-অন্ধ্রের সীমান্ত শহর–নেল্লোরে। এই অঞ্চলটি ততটা উপদ্রুত ছিল না। সেখানে বাংলোয় সে শুরু করে নতুন চাকরিজীবন। নেল্লোর থেকে হায়দ্রাবাদ দূরত্ব বেশি না হওয়ায়, প্রতি উইকেন্ডে রাহী হায়দ্রাবাদ থেকে আকাশের কাছে চলে আসে। এইভাবে সারা সপ্তাহের বিরহ এবং সপ্তাহান্তে মিলন এগিয়ে নিয়ে চলে তাদের দাম্পত্য জীবনকে।

২০০০-এর কুড়ির দশকে করোনা মহামারীর কারণে প্রায় দশ মাস 'Work from Home' করতে হয়েছিল রাহীকে। এই সময় সে ছিল আকাশের কাছেই, এবং দুজনে মিলে চুটিয়ে সংসার করেছে।

আর শুধু সংসার নয়–সেই সঙ্গে পাল্লা দিয়ে চলেছে তাদের মান-অভিমান, ঝগড়া, খুনসুটি। ভগবানের কাছে প্রার্থনা করি–দীর্ঘায়িত হোক তাদের এই দুষ্টু-মিষ্টি ঝগড়া খুনসুটি ভরা দাম্পত্য জীবন।

এই গল্পের নায়িকা রাহী, আমার বিশেষ স্নেহের পাত্রী। তাই তার অনুরোধে এই গল্পটি আমি লিপিবদ্ধ করলাম। আকাশ-রাহীর গল্প দিয়ে শেষ করলাম আমার 'প্রতিরক্ষার প্রেম কথা' নিবন্ধটি।

এখন বসন্তকাল, চারিদিকে প্রেমের মরশুম। তাই নিজের জীবনের বাস্তবে প্রত্যক্ষ করা আটটি মিষ্টি প্রেমের গল্প দিয়ে ভরিয়ে দিলাম এই বসন্তের ডালি।

নানা স্বাদের গল্প

"A. "একটি সত্যি ভূতের গল্প"

সময়টা গত শতাব্দীর ছয়ের দশক। মানে ১৯৬০ থেকে ১৯৭০-এর মাঝামাঝি কোন একটি সাল। উত্তরবঙ্গের একটি মফস্বলী শহরের বিএড কলেজ। এই কলেজেই বিএড পাঠরত বিধান। কলেজ সংলগ্ন হোস্টেলে আরও অনেক ছেলেদের সঙ্গেই তার বাস। কলেজে অত্যন্ত আনন্দ করে দিন কাটে তাদের। পড়াশোনার সঙ্গে সঙ্গে খেলাধুলা, নানারকম কালচারাল অনুষ্ঠানের মাধ্যমে দিন কাটে তাদের।

বিধান শক্তিশালী, বলিষ্ঠ, সাহসী, প্রাণপ্রাচুর্যে ভরপুর একটি ছেলে। কলেজের সমস্ত অনুষ্ঠানেই সে নেতা। শীতকাল, ঠিক হলো কলেজে খুব ধুমধাম করে সরস্বতী পুজো হবে। স্বাভাবিকভাবেই পুজো সেক্রেটারি নিয়োগ করা হলো বিধানকে। বিধান এবং তার বন্ধুরা সকলে মিলে শুরু করল পূজার আয়োজন।

কিন্তু হঠাৎ করে পুজোর আগের দিন বিধানের একটি নিমন্ত্রণ এসে উপস্থিত হলো। বিধানের এক দূর সম্পর্কের দাদার পুত্র সন্তানের অন্নপ্রাশন। অন্নপ্রাশনের স্থান, বিধানের কলেজ থেকে তিন মাইলের হাঁটা পথ। সকলেই বিধানকে যেতে বারণ করল কারণ বিধান পুজোর সেক্রেটারি, সমস্ত টাকা-পয়সা তার কাছে। বিধান যদি পুজোর দিন সঠিক সময়ে এসে পৌঁছাতে না পারে তাহলে পুজো পন্ড হওয়ার সমূহ সম্ভাবনা।

কিন্তু বিধান সকলকে বলল, "আরে, অনুষ্ঠান তো দুপুর বেলায়! আমি অনুষ্ঠানে যোগদান করে সন্ধ্যার মধ্যে ফিরে আসব।"

কিন্তু মুশকিল হল, হোস্টেল থেকে অনুষ্ঠান বাড়ি যাওয়ার যে রাস্তা সেটি দিনের বেলায় যথেষ্ট জনবহুল হলেও, রাত্রিবেলা একেবারেই নিঝুম হয়ে যায়। এর কারণ, ওই রাস্তাটিতে একটি বটগাছ আছে। জনশ্রুতি আছে সেখানে কোনো এক সময়, কোনো এক ব্যক্তি গলায় দড়ি দিয়ে আত্মহত্যা করেছিলেন— যার ফলে সন্ধ্যাবেলায় সেখানে নাকি ভূত দেখা যায়! কিন্তু বিধান অত্যন্ত সাহসী এবং ডাকাবুকো ছেলে। সে ভূত-ভগবান কিছুই খুব একটা বিশ্বাস করে না। তাই সকলের পই-পই করে বারণ করা সত্ত্বেও সে তার দাদার ছেলের অন্নপ্রাশনে যোগদান করতে চলে যায়।

অনুষ্ঠান বাড়ি থেকে বেরোতেই তার দেরি হয়ে যায়। তার আত্মীয়রাও সকলে তাকে যেতে বারণ করেছিল, কারণ ওই বটগাছ সম্পর্কে বদনাম বিধানের আত্মীয়দের অজানা ছিল না। কিন্তু বিধানকে ফিরতেই হতো, কারণ পরের দিন ছিল সরস্বতী পুজো— আর বিধান ছিল সেই পুজোর সেক্রেটারি। ফলে বিধান যখন ওই জায়গায় পৌঁছায় তখন চারিদিকে ঘন অন্ধকার নেমে এসেছে। ষাটের দশকে উত্তরবঙ্গে সরস্বতী পুজোর সময় ঠাণ্ডা বেশ ভালই পড়ত। সেই সময় উত্তরবঙ্গের মফস্বল শহরে স্ট্রিটলাইট ছিল না বললেই চলে।

চারিদিকে হালকা কুয়াশার চাদরে ঢাকা, রাস্তাঘাট পুরো সুনসান। আকাশে মাঘ মাসের শুক্লা চতুর্থীর ফালি চাঁদ অল্প অল্প আলো ছড়াচ্ছে। দূরে শোনা যাচ্ছে কোন এক রাতপ্যাঁচার চিৎকার। হাতের ঘড়ির রেডিয়াম ডায়ালে রাত আটটা। এই ঘড়িটি বিধান শিলিগুড়ির চায়না মার্কেট থেকে কিনেছিল।

দিনের বেলা যে সাহস নিয়ে বিধান গিয়েছিল, রাত্রে সেই সাহসে ক্রমাগত চিড় ধরছিল। যতই বটগাছের তলার কাছে এগোচ্ছিল, ততই সে তার বুকের ধুকপুকানি শুনতে পাচ্ছিল। মনের জোর নিয়ে একটু একটু করে বিধান এগিয়ে যেতে থাকে। কিন্তু হঠাৎ বিধান দেখতে পায় একটি জোরালো আলো অন্ধকারে এগিয়ে আসছে, অথচ আলোর কিন্তু কোনো মালিক নেই! প্রচন্ডআতঙ্কে দাঁড়িয়ে পড়ে বিধান। তার আর নড়বার শক্তি ছিল না।

আলোটা ক্রমাগত কাছে এগিয়ে আসতে থাকে। বিধানের ঠিক কয়েক হাত দূরে হঠাৎ করেই আলোটা থেমে যায়। বিধান লক্ষ্য করে, হঠাৎই আলোটা খুব কাঁপতে শুরু করেছে। তারপর আলোটা ধীরে ধীরে একটু একটু করে উপরে উঠতে থাকে। তারপর হঠাৎ করেই আলোটা নিচের দিকে লাফ দিয়ে পড়ে এবং চারিদিকে ছড়িয়ে যায়। সেই সঙ্গে শোনা যায় হাড় হিম করা এক আর্তনাদ! আতঙ্কে চিৎকার করে ওঠে বিধানও।

মানুষ যখন চরম আতঙ্কে পতিত হয়, তখন তার মধ্যে হয়তো এক মরিয়া সাহস উপস্থিত হয়। যে বিধান এতক্ষণ ভয়ে নড়তে পারছিল না, হঠাৎ করেই তার মধ্যে যেন কী এসে ভর করে— সে পাগলের মত দিগ্বিদিক জ্ঞানশূন্য হয়ে দৌড়ায় হোস্টেলের

দিকে। হোস্টেলে পৌঁছে সে আছাড় খেয়ে পড়ে মাটির উপর এবং অজ্ঞান হয়ে যায়।

ছুটে আসে হোস্টেলের ছেলেরা, বিধানের মাথায় জল দেয় তারা। জ্ঞান ফিরে একটু-খানি ধাতস্থ হবার পর, বিধান সমস্ত ঘটনা জানায়। তখন হোস্টেলের ছেলেরা বলে, তারা তো তাকে পই-পই করে বারণ করেছিল রাতবেলা ওই রাস্তা দিয়ে আসতে। তারপরে ছেলেরা আরও বলে, শুধু বিধান নয়— তাদের হোস্টেলের দারোয়ান হরি সিং-ও আজকে ওখানে ভূত দেখেছে! বিধান অবাক হয়— দারোয়ান আবার ওখানে কখন গেল? ছেলেরা বলল, বিধানের ফিরতে রাত হচ্ছে দেখে তারা হরি সিংকে বিধানের খোঁজ করতে পাঠিয়েছিল। কিন্তু হরি সিং ওই বটতলা থেকে ফিরে আসতে বাধ্য হয়েছে। বিধান একটু অবাক হয়ে হরি সিং-এর কাছে গিয়ে জিজ্ঞেস করে— "তুমি ওই বটতলায় কী দেখেছিলে?"

হরি সিং ভয়ার্ত গলায় বলে— "বাবু, আমি তো অন্ধকারে হারিকেন নিয়ে যাচ্ছিলাম। যেতে-যেতে যেই না বটতলায় গেছি, অমনি দেখি উল্টো দিক থেকে একটা লোক আসছে। অন্ধকারে আমার তো খুব ভয় লেগে গেল। আমার হাতের হারিকেন কাঁপতে লাগলো। তবুও তার মধ্যে চেষ্টা করলাম হারিকেনটা তুলে তার মুখটা দেখতে। কিন্তু বাবু, আর সাহস রাখতে পারলাম না— হাত থেকে হারিকেন ফসকে পড়ে ভেঙে গেল। সঙ্গে-সঙ্গে একটা বিকট চিৎকার শোনা গেল। আমিও চিৎকার করে দৌড়ে পালিয়ে এলাম!" বিধান জিজ্ঞেস করল— "সময়টা কখন ছিল?"

ছেলেরা বলল, তারা সাতটা নাগাদ হরি সিংকে পাঠিয়েছিল। মানে, বটতলায় পৌঁছতে রাত আটটা হবে।

এই কথা শুনে বিধান জোরে হেসে উঠল। হোস্টেলের ছেলেরা অবাক হয়ে বলল—"কি হল? তুমি হাসছো কেন?"

বিধান বলল— "কি আর হবে! আজকে হরি সিং-কে দেখে আমি ভয় পেয়েছি, আর আমাকে দেখে হরি সিং ভয় পেয়েছে! আমি যে অন্ধকারে আলো দেখেছিলাম, সেটা ছিল হরি সিং-এর হাতে হারিকেন। আর বটতলায় আসার পরে অন্ধকারে আমাকে দেখে ভূত ভেবে, অত্যন্ত ভয়েতে তার হাত কাঁপতে শুরু করেছিল—যেটা আমি দেখেছিলাম আলোটা কাঁপছে। এবং ধীরে ধীরে যে আলোটা উপরে উঠেছিল, সেটা হরি সিং আমার মুখ দেখার জন্য হারিকেনটা উপরে তুলেছিল। আর যেহেতু ঘন অন্ধকার, সেই জন্য আমি হরি সিং-কে অন্ধকারে দেখতে পাইনি, মনে করেছি আলোটা বিনা মালিক এগিয়ে আসছে। আর যে চিৎকারটা আমি শুনেছিলাম, সেটা ছিল হরি সিং-এর। আর হরি সিং যে চিৎকারটা শুনেছিল, সেটা আমার! দুটি ঘটনাই ছিল সম্পূর্ণ কাকতালীয়!" বিধানের কথা শুনে হেসে ওঠে হোস্টেলের সমস্ত ছেলেরা।

এই গল্পটি আমার শোনা, আমার একজন গুরুজনস্থানীয় পরমাত্মীয়ের মুখে। তিনি পরবর্তীকালে উত্তরবঙ্গের এক শহরের স্কুল টিচার ছিলেন। ২০১৭ সালে তিনি পরলোকগমন করেছেন। তাঁর বিদেহী আত্মার প্রতি শ্রদ্ধা জানিয়ে গল্প শেষ করলাম।

B ফটিকের ক্রিসমাস

দক্ষিণ কলকাতার অভিজাত আবাসন হাইল্যান্ড পার্ক। বড় বড় নটি, বিশাল টাওয়ার নিয়ে তৈরি হয়েছে এই অভিজাত কমপ্লেক্সটি। সমাজের বিত্তশালী এবং উঁচু তলার মানুষদের বাস এখানে। এই রকমই একটি টাওয়ারের ১৭ তলায় থাকেন মিস্টার শৌভিক মুখার্জী ও অরুণা মুখার্জী এবং তাদের দুই সন্তান, নিল এবং রিয়া।

মিস্টার অ্যান্ড মিসেস মুখার্জী দুজনেই আইটি সেক্টরে উঁচু পদে কর্মরত। দিনের বেশিরভাগ সময় অফিসে থাকেন তারা। ফলে খুব একটা সময় এবং মনোযোগ বাচ্চাদের দিতে পারেন না।

মুখার্জিদের পুরো সংসারটাই দেখাশোনা করেন শেফালী। রান্নাবান্না, ঘরদোর পরিষ্কার করা, বাচ্চাদের দেখাশোনা—সবকিছু একা হাতেই সামলায় সে।

শেফালী বিধবা, এই সংসারে আপন বলতে আছে তার আট বছরের ছেলে ফটিক। স্বামী মদন পাঁচ বছর আগে রিকশা চালাতে গিয়ে লরির ধাক্কায় মারা গেছে। সন্তোষপুরের কাছে একটি বস্তিতে তার বাস। এই বাড়িতে সারাদিন কাজ করে যা পায় তাতেই কোনোমতে মা আর ছেলের সংসার চলে।

ছেলেকে সে কলোনির স্কুলে ভর্তি করেছে—আশা করে ভবিষ্যতে হয়তো সে বড় হয়ে মানুষ হবে। কাটোয়ার কাছে একটি গ্রামে তার কিছু আত্মীয়স্বজন রয়েছে, তবে তাদের সঙ্গে যোগাযোগ

প্রায় নেই বললেই চলে। গরিবের সঙ্গে কে আর যোগাযোগ রাখতে চায়?

দেখতে দেখতে বছর শেষ হয়ে এলো, চারিদিকে উৎসবের আমেজ। ক্রিসমাস, নিউ ইয়ারের আনন্দে মেতে উঠেছে সমস্ত কলকাতা শহর।

সেদিন ২৫শে ডিসেম্বর, ক্রিসমাস—যীশুর জন্মদিন। আলোকমালায় সেজে উঠেছে সমস্ত কলকাতা শহর। সবাই বেরিয়ে পড়েছে বেড়াতে, পিকনিক করতে। পার্কস্ট্রিটের কেক এবং গিফটের দোকানগুলোতে ভিড় উপচে পড়ছে।

মুখার্জি পরিবার ঠিক করেছে এই বিশেষ দিনটি তারা হই হুল্লোড় করে কাটাবে। বাড়িতে আয়োজন করা হয়েছে একটি ছোট্ট পার্টি।

মিসেস মুখার্জী শেফালিকে বলে দিয়েছেন পার্টিতে অনেক কাজ থাকবে, তাই সে যদি ফটিককে নিয়ে আসে, তাহলে সে হাতে হাতে কাজ করতে পারবে এবং তাদের রাতের খাওয়াদাওয়া এখানেই হবে।

শেফালী আনন্দের সাথেই রাজি হয়েছে। যাই হোক, একটা দিন ছেলেটি তো একটু ভালোমন্দ খেতে পাবে।

ক্রিসমাসের দিন সকাল হতে না হতেই ফটিক হাজির হয়েছে মুখার্জিদের ফ্ল্যাটে।

ফ্ল্যাটে সাজো সাজো রব, সবাই ব্যস্ত ফ্ল্যাট সাজাতে। রাতের খাবার অর্ডার দেওয়া হয়েছে একটি অভিজাত রেস্তোরাঁ থেকে।

সবার হাতে হাতে নানা রকম কাজ করছে ফটিক—বেলুন, লাইট, স্টার দিয়ে হলঘর এবং ক্রিসমাস ট্রি সাজাতে নিল আর রিয়াকে সাহায্য করছে সে।

শেফালির হাতে হাতে ঘরদোর পরিষ্কার, গোছানো—এগুলোও করতে হচ্ছে তাকে।

এমন সময় বাড়িতে ঢুকলেন মিস্টার মুখার্জি, হাতে মস্ত বড় একটা কেকের প্যাকেট। পার্ক স্ট্রিটের Nahoum's থেকে এটি নিয়ে আসা হয়েছে।

তিনি ঘরে ঢুকতেই হই হই করে উঠলো বাড়ির সকলে।

মিস্টার মুখার্জি কেকটা প্যাকেট থেকে বের করে টেবিলের উপর রাখলেন—একটা মস্ত বড় হোয়াইট ফরেস্ট কেক, উপরে অনেকগুলি লাল লাল চেরি বসানো।

দূর থেকে ফটিক অবাক হয়ে দেখলো কেকটা। এরকম কেক আগে কোনোদিন খাওয়া তো দূরের কথা, চোখেও দেখেনি ফটিক।

নিল আর রিয়া কেকটা টেস্ট করার বায়না করছিল, কিন্তু মিসেস মুখার্জি তাদের ধমক দিয়ে বললেন, "এটা সন্ধ্যের আগে কাটা হবে না।"

তিনি শেফালিকে বললেন কেকটা ফ্রিজে ঢুকিয়ে রাখতে।

ফটিক মনে মনে ভাবল, সন্ধ্যেবেলায় যখন কেক কাটা হবে তখন তাকে ও নিশ্চয়ই দেওয়া হবে।

সারা দিন কেটে গেল আশায় আশায়। সন্ধ্যা হতেই অতিথিরা আসতে শুরু করলেন। শুরু হয়ে গেল হইহই আনন্দ মজা।

পার্টিতে ফটিককে নানা রকম কাজ করতে হচ্ছে—গেস্টদের হাতে হাতে কোল্ড ড্রিংকস, স্ন্যাক্স পৌঁছে দেওয়া, খালি কাপ, প্লেট, কাগজের টুকরো ডাস্টবিনে ফেলা।

কিন্তু এত কাজের মধ্যেও মনটা পড়ে রয়েছে ফ্রিজের মধ্যে রাখা কেকটির দিকে।

ঠিক আটটার সময় কেকটিকে বার করে ঘরের মাঝখানে সেন্টার টেবিলের উপর রাখা হল। তারপর "উইশ ইউ মেরি ক্রিসমাস, উইশ ইউ মেরি ক্রিসমাস" গানের মধ্য দিয়ে কেক কাটা সমাপ্ত হল।

তারপর মিসেস মুখার্জি সবাইকে কেক পরিবেশন করা শুরু করলেন।

অনেক আশা করার পরেও কেকের একটি টুকরো ফটিকের ভাগ্যে জুটলো না। মনে মনে খুব কষ্ট হল তার, কিন্তু পরক্ষণেই মনে হলো নিশ্চয়ই রাতের খাবারের সময় তাকে দেওয়া হবে।

কারণ সে দেখেছে মুখার্জিরা ভালো মানুষ, অনেক ভালো মন্দ খাবার মাঝেমধ্যে তারা মাকে দিয়ে থাকেন।

ক্রমে রাত বাড়তে থাকে। অতিথিরা ডিনার শেষ করে বেরিয়ে পড়লেন বাড়ির উদ্দেশ্যে।

মুখার্জিরা নিজেরাও খেতে বসলেন। খাবার শেষে মিসেস মুখার্জী শেফালী ও ফটিকের জন্য খাবার প্যাক করে দিলেন।

মা ও ছেলে বাড়িতে এসে পৌঁছানোর পর ফটিক অত্যন্ত আগ্রহ সহকারে খাবারের প্যাকেট খুলল। ভেতরে রয়েছে ফিশ ফ্রাই, বিরিয়ানি, চিকেন চপ এবং মিষ্টি।

শেফালী আনন্দিত হয়ে বললেন, "মেমসাহেব কতকিছু দিয়েছেন।" কিন্তু এত কিছু থাকা সত্ত্বেও ফটিকের মন দুঃখে ভরে গেল। কেকটা তো দেয়নি!

সে মাকে বলল, "মা, সন্ধ্যেবেলায় যে কেকটা কাটা হলো, সেটা তো আমাদের দিল না?"

মা হেসে বললেন, "এই দিয়েছে, এই না, কত আবার কেকের শখ!"

ফটিকের দু'চোখ জলে ভরে উঠলো। সে সারাদিন অপেক্ষা করে রয়েছে ওই এক টুকরো কেকের জন্য।

দুঃখে সে খাওয়াদাওয়া না করে এক ছুটে বেরিয়ে এল বাড়ির বাইরে।

পিছন থেকে মা কত ডাকতে লাগলেন, সে কর্ণপাত করলো না। পাকা রাস্তা দিয়ে দৌড়াতে লাগলো ফটিক।

একসময় ক্লান্ত হয়ে বসে পড়লো নির্জন রাস্তায়। রাস্তার উপর বসে হাঁটুতে মুখ গুঁজে কেঁদে উঠল সে। ডিসেম্বরের রাত, আজ যথেষ্ট ঠান্ডা পড়েছে, তাই চারিদিক নিঝুম।

এমন সময় কাঁধে হাতের স্পর্শে চমকে তাকালো ফটিক—তার সামনে দাঁড়িয়ে রয়েছে একটি তারই বয়সী ছেলে।

ছেলেটির পোশাক অদ্ভুত ধরনের—ধবধবে সাদা আলখাল্লা। এই রকম পোশাক সাধারণত কাউকে পড়তে দেখা যায় না।

আর ছেলেটিকে দেখলেই বোঝা যায় সে বিদেশি—ধবধবে ফর্সা রং, নীল চোখ, মাথায় ব্রাউন চুল। কলকাতায় অনেক অ্যাংলো ইন্ডিয়ান পাড়া আছে, সেখানে ক্রিসমাসের দিন অনেক রাত অবধি অনুষ্ঠান হয়।

ফটিক ভাবল, হয়তো সেখানকার কোনো ছেলে। ফটিক ছেলেটিকে জিজ্ঞেস করলো, "কে তুমি?"

ছেলেটি বলল, "আমি তোমার বন্ধু।"

বিদেশি ছেলের মুখে এরকম বাংলা শুনে অবাক হয়ে গেল ফটিক। বলল, "বাবা, তুমি এত ভালো বাংলা বলতে পারো! আমি তো তোমাকে সাহেবপাড়ার ছেলে ভেবেছিলাম!"

ছেলেটি মৃদু হাসল। তারপর আলখাল্লার পকেট থেকে একটি কেকের টুকরো বের করে ধরিয়ে দিলো ফটিকের হাতে।

ফটিক দেখল—অবিকল মুখার্জিদের বাড়ির কেকের একটি টুকরো! ধবধবে সাদা, তার উপর তিনটি চেরি বসানো।

আবাক হয়ে সে ছেলেটিকে জিজ্ঞেস করল, "এই কেক তুমি কোথায় পেলে?"

ছেলেটি বলল, "আজ আমার জন্মদিন। সবাই কেক খেয়েছে। ভেবেছিলাম আজ আমার যে নতুন বন্ধু হবে, তাকে আমি এই কেকটা দেবো।"

ফটিক খুব খুশি হয়ে কেক খেতে লাগল। এরকম অদ্ভুত সুন্দর কেক আগে কোনোদিন খায়নি।

কিন্তু অবাক হয়ে তাকাল সামনের ছেলেটির মুখের দিকে।

ফটিকের মনে হল—সে কেক খেয়ে যা তৃপ্তি পেয়েছে, তার সামনের ছেলেটি তার খাওয়া দেখে তার চেয়েও যেন বেশি তৃপ্তি পেয়েছে।

ফটিক ছেলেটিকে বলল, "তুমি আজ থেকে আমার বন্ধু।"

ছেলেটি বলল, "এবার আমি যাই তবে।"

ফটিক বলল, "হ্যাঁ, কিন্তু তুমি কোথায় থাকো?"

ছেলেটি বলল, "আমি এখানে থাকি না। আমি থাকি অনেক দূরের একটি গ্রামে।"

গ্রামের কথা শুনে ফটিকের চোখ চকচক করে উঠলো। বললো, "জানো, আমাদেরও কাটোয়ার কাছে একটা গ্রামে অনেক আত্মীয়স্বজন থাকে। তুমি গ্রামের নাম বলো, তোমার নামটাও বলো।"

ছেলেটি কোনো উত্তর না দিয়ে চলে গেল।

ফটিক পেছন থেকে বারবার চিৎকার করে জানতে চাইলো, "তোমার নাম কী? কোথায় থাকো?"

ফিরে তাকালো ছেলেটি, মৃদু হেসে বলল, "আমার নাম ক্রাইস্ট, আমার গ্রাম বেথলেহেম।"

বলে যেন অন্ধকারে মিলিয়ে গেল। কিছুক্ষণ দাঁড়িয়ে থাকার পর ফটিক হাঁটা দিল বাড়ির উদ্দেশ্যে। মা এখনো হয়তো না খেয়ে বসে আছেন।

মনে মনে ভাবল—গরমের ছুটিতে, যখন মুখার্জিরা দার্জিলিং বেড়াতে যাবে, তখন বেশ কয়েকদিনের ছুটি পাবে মা।

তখন মাকে নিয়ে সে একবার বেথলেহেম যাবে। বেথলেহেম নিশ্চয়ই কলকাতা থেকে খুব একটা দূরে হবে না।

C এক পাহাড়ি প্রেমের গল্প

প্রেম, গল্প বা উপন্যাসের এক অন্যতম প্রধান উপাদান। ভালোবাসা বা প্রেমকে নিয়ে লেখা হয়েছে যত গল্প বা উপন্যাস, বোধকরি অন্য কোনো বিষয়কে নিয়ে করে লেখা হয়নি। ভারতবর্ষের পাশাপাশি বিশ্বসাহিত্যেও ছড়িয়ে আছে এরকম অনেক প্রেমের কাহিনী—রোমিও-জুলিয়েট থেকে রাধা-কৃষ্ণ, হীর-রানঝা থেকে ওথেলো-ডেসডিমোনা। সমস্ত গল্পের প্রধান উপাদান সেই প্রেম। এদের মধ্যে কিছু হয়তো সত্যি, কিছু বা কল্পনানির্ভর।

আমার আজকের গল্প ভারতবর্ষের বুকে ঘটে যাওয়া এমনই এক অমর এবং সত্যি প্রেম কাহিনীকে কেন্দ্র করে। আমার গল্পের প্রেমিক-প্রেমিকা রোমিও-জুলিয়েট বা রাধা-কৃষ্ণের মতো অত বিখ্যাত না হলেও, প্রেমের আত্মত্যাগের ক্ষেত্রে তারা কারোর থেকে পিছিয়ে ছিল না।

ভারতবর্ষের উত্তর-পূর্বদিকে সাতটি রাজ্য—আসাম, অরুণাচল প্রদেশ, নাগাল্যান্ড, মিজোরাম, ত্রিপুরা, সিকিম—এই সাতটি রাজ্যকে একসাথে বলা হয় 'ল্যান্ড অফ সেভেন সিস্টার্স'। চারিদিকে পাহাড় দিয়ে ঘেরা এই সাতটি রাজ্যের অধিকাংশ মানুষ পাহাড়ি হওয়ায় অত্যন্ত পরিশ্রমী এবং সরল। খুব সরু একটি পাকা সড়ক দিয়ে ভারতের মূল ভূখণ্ডের সঙ্গে যুক্ত এই 'ল্যান্ড অফ সেভেন সিস্টার্স'। খাদ্যাভ্যাস, পোশাক, শিল্প-সংস্কৃতি ইত্যাদির ক্ষেত্রে ভারতের তুলনায় চীন এবং তিব্বতের সঙ্গেই এদের বেশি মিল পাওয়া যায়। এমনকি এখানকার অধিবাসীদের চেহারাতেও

চৈনিক ও তিব্বতীয় ছাপ সুস্পষ্ট। চীন, তিব্বত এবং কোরিয়ার মতো এদের প্রধান ধর্ম বৌদ্ধ ধর্ম।

হয়তো এই সাংস্কৃতিক, ধর্মীয় এবং চেহারার মিলের কারণে এখানকার সরল অধিবাসীদের বিশ্বাসকে কাজে লাগিয়ে আজ থেকে প্রায় ৬০ বছর আগে চীন চেয়েছিল এই ভূখণ্ডটিকে ভারত থেকে আলাদা করে নিজেদের সঙ্গে যুক্ত করতে। এই গল্পের পটভূমি সেই ১৯৬২ সালের ইন্দো-চীন যুদ্ধ।

তখন ভারতের প্রধানমন্ত্রী ছিলেন পণ্ডিত জওহরলাল নেহরু। ভারত মাত্র ১৫ বছর স্বাধীনতা পেয়েছে। অর্থনৈতিক দারিদ্র্য, দুর্ভিক্ষ, সাম্প্রদায়িক দাঙ্গা, পাকিস্তান সমস্যা ইত্যাদির সঙ্গে মোকাবিলা করতে করতে নাজেহাল ভারত সামরিক দিক থেকে সম্পূর্ণরূপে অপ্রস্তুত। মান্ধাতা আমলের কয়েকটি ট্যাংক এবং কিছু রাইফেল ছাড়া ভারতীয় সৈন্য বাহিনীর কাছে অস্ত্রশস্ত্র সেভাবে নেই বললেই চলে। অথচ চীন সম্পূর্ণরূপে প্রস্তুত যুদ্ধ করার জন্য।

এমতাবস্থায় চীন হঠাৎই আক্রমণ করেছে ভারত ভূখণ্ডকে। তারা ক্রমে ভারত-চীন সীমান্ত ছাড়িয়ে ঢুকে পড়েছে অরুণাচল প্রদেশের তাওয়াং-এর কাছে বোমডিলা নামক স্থানে। ওই স্থানে প্রধানত পাহাড়ি মনপা উপজাতির বাস। এই সরল সাদাসিদে মানুষগুলোর সরল বিশ্বাসকে কাজে লাগিয়ে তারা ক্রমে সেখানে জাঁকিয়ে বসেছে। গ্রামের মানুষ চীনের নানা প্রলোভনে প্রভাবিত হয়ে চীনের সৈন্যদলকে নানাভাবে সাহায্য করছে। ফলে ভারতের পক্ষে খুব সমস্যা হয়ে দাঁড়িয়েছে ওই স্থান পুনরুদ্ধার করা।

এছাড়া অঞ্চলটি ছিল সম্পূর্ণ পাহাড় দিয়ে ঘেরা, ফলে অত্যন্ত দুর্গম এবং ঠান্ডা। চিনা সৈন্যদলকে প্রতিহত করার জন্য প্রথমে পাঠানো হয়েছিল পাঞ্জাব রাইফেলস এবং গোর্খা রাইফেলসের সৈন্যদের। চীনের সৈন্য বাহিনীর কাছে তারা পরাজয় স্বীকার করে এবং বেশিরভাগ সৈনিক নিহত হন।

তারপর ১৯৬২ সালের ১৭ই নভেম্বর পাঠানো হয় ৪ নম্বর গাড়োয়ালি রেজিমেন্টের সৈন্যদলকে। সৈন্যসংখ্যা খুব বেশি ছিল না, কিন্তু তাঁরা তাঁদের মান্ধাতা আমলের পুরনো অস্ত্রশস্ত্র এবং কতিপয় সংখ্যক সৈন্য নিয়ে প্রবল বিক্রমে মোকাবিলা করতে থাকেন আধুনিক অস্ত্রসজ্জায় সজ্জিত প্রায় কয়েক হাজার সৈন্যদলের সঙ্গে।

স্থানীয় মানুষদের অনেককেই নিজেদের পক্ষে আনতে পারলেও, কেউ কেউ কিন্তু চীনকে পুরোপুরি সমর্থন করেননি। গ্রামের মনপা উপজাতির মানুষরা প্রতিদিন দেখতেন ভারতীয় সৈন্যদের করুণ পরিণতি। দিনের পর দিন, রাতের পর রাত, সামান্য কিছু অস্ত্রশস্ত্র সম্বল করে, ক্ষুধা-তৃষ্ণায় আকুল হয়ে, শুধুমাত্র মনের জোরে যুদ্ধ চালিয়ে যাচ্ছে ওই নৃশংস চিনা সৈন্যদলের সঙ্গে।

তাওয়াং-এর ওই অঞ্চলটি অত্যন্ত দুর্গম হওয়ার কারণে ভারতীয় আর্মির পক্ষ থেকে প্রয়োজনীয় অস্ত্রশস্ত্র ও রসদের যোগান ক্রমশ বন্ধ হয়ে যাচ্ছিল। ফলে ভারতীয় সৈন্য বাহিনী আরো কোণঠাসা হয়ে

পড়ছিল। প্রতিদিনই প্রায় বেশকিছু ভারতীয় সৈন্য বীরগতি প্রাপ্ত হচ্ছিল।

তাদের করুণ পরিণতি ব্যথিত করেছিল মনপা উপজাতির কিছু মানুষকে। তাদের মধ্যেই ছিল দুই বোন—সেলা এবং নুরা। ভারতীয় সৈন্যের প্রবল বিক্রম যাদের মুগ্ধ করেছিল।

তাদের গ্রামের কিছু মানুষের সাথে তারাও গোপনে যোগ দিয়েছিল ভারতীয় সেনাবাহিনীর সঙ্গে। দুই বোন, সেলা ও নুরা, গোপনে খাবার, ওষুধ, অস্ত্রশস্ত্র এবং চীন সেনাদলের যাবতীয় খবর গোপনে পৌঁছে দিত ভারতীয় সৈন্যদলের কাছে।

প্রকৃতপক্ষে তারা ভারতীয় সেনাবাহিনীর গুপ্তচর এবং যোগানদার হিসেবে কাজ করত। এই কাজ করতে গিয়েই পরস্পরের প্রেমে আকৃষ্ট হয় গাড়োয়ালি রেজিমেন্টের ২১ বছরের যুবক যশোবন্ত সিং রাঠোর এবং মনপা উপজাতির পাহাড়ি মেয়ে সেলা।

চারিদিকে হিংসা, খুনোখুনি, গোলাগুলি এবং সৈন্যদের বুটে যখন থরথর করে কাঁপছে অরুণাচল প্রদেশের পাহাড়, তখন তার মধ্যে জন্ম নিয়েছিল তাদের পাহাড়ি প্রেমের ফুল। একটি নির্দিষ্ট জায়গায় প্রতিদিন যশোবন্ত সিং অপেক্ষা করতো সেলার জন্য। সেলা তার হাতে পৌঁছে দিত খাবার, ওষুধ এবং প্রয়োজনীয় দ্রব্যসামগ্রী।

এইভাবে রসদ, সংবাদ বিনিময় করতে করতে কখন যে তারা মন বিনিময় করেছিল, তা তারা নিজেরাও জানে না। এই প্রেমে কোনো চাহিদা বা প্রত্যাশা ছিল না—শুধুই ছিল নিজেকে সম্পূর্ণরূপে উৎসর্গ করার এক অনির্বচনীয় অঙ্গীকার।

এইভাবে রসদ, সংবাদ বিনিময় করতে করতে কখন যে তারা মন বিনিময় করেছিল, তা তারা নিজেরাও জানে না। এই প্রেমে কোনো চাহিদা বা প্রত্যাশা ছিল না—শুধুই ছিল নিজেকে সম্পূর্ণরূপে উৎসর্গ করার এক অনির্বচনীয় অঙ্গীকার। এইভাবে কেটে যায় বেশ কিছু দিন। স্থানীয় মানুষের প্রচুর সাহায্য সত্ত্বেও ক্রমে ভারতীয় সেনা দুর্বল হয়ে পড়ে চীনের সামনে। ভারতীয় সেনাবাহিনীর প্রচুর সংখ্যক সৈন্য শহীদ হন। তখন ব্রিগেডিয়ার গাড়োয়াল রেজিমেন্টকে হুকুম দেন—তারা যেন তাদের পোস্ট ছেড়ে নিরাপদ স্থানে পিছিয়ে আসেন।

এই আদেশ পাওয়ার পর ভারতীয় সৈন্যবাহিনী পিছু হটার প্রস্তুতি শুরু করে, কিন্তু যশবন্ত সিং রাঠোর এবং তার দুই সঙ্গী পোস্টে থেকে যাওয়ার সিদ্ধান্ত নেন। কারণ, যদি কোনোভাবে শত্রুপক্ষের চিনা সৈন্যরা বুঝতে পারে যে ভারতীয় সৈন্যবাহিনী পিছু হটছে, তারা হয়তো পেছন থেকে অতর্কিতে হামলা চালাতে পারে। এর ফলে ভারতীয় সৈন্যবাহিনীর প্রচুর সৈন্যের প্রাণহানি হওয়ার আশঙ্কা রয়েছে।

তাই তিনজনে পোস্টে থেকে সেনাবাহিনীর সঙ্গে যুদ্ধ চালিয়ে যাওয়ার সিদ্ধান্ত নেন, যাতে সেই সুযোগে বাকি সৈন্যরা পিছিয়ে যেতে পারেন এবং চীনা সৈন্যরা কিছু বুঝতে না পারে।

পরিকল্পনা মতো, তাদের তিনজনকে পোস্টে রেখে ভারতীয় সৈন্যবাহিনী শুরু করে নিরাপদ দূরত্বে পিছিয়ে যাওয়া। যশবন্ত সিং রাঠোর এবং তার দুই সঙ্গী চিনা সেনাবাহিনীর সঙ্গে যুদ্ধ চালিয়ে যেতে থাকেন। কিন্তু একসময় তাদের গুলি শেষ হয়ে যায়। তখন তারা একটি বাংকারে আশ্রয় নেন এবং সেখান থেকে হ্যান্ড গ্রেনেডের সাহায্যে চীনের ওপর আক্রমণ চালাতে থাকেন।

যশবন্ত সিং রাঠোর এবং তার দুই সঙ্গী হ্যান্ড গ্রেনেডের সাহায্যে চীনের কয়েকজন সৈন্যকে হত্যা করে, তাদের কাছ থেকে মেশিনগান ও ট্যাংক কেড়ে নেন। কিন্তু এই হামলার ফলে যশবন্ত সিং রাঠোরের দুই সঙ্গীর মৃত্যু হয়। যশবন্ত সিং রাঠোর হয়ে পড়েন সম্পূর্ণরূপে একা। কিন্তু তখনও তিনি চিনা সৈন্যবাহিনীকে আসল সত্যি বুঝতে দিতে চাইছিলেন না।

এই পরিস্থিতিতে যশবন্তকে সাহায্য করতে এগিয়ে আসেন দুই মনপা কন্যা—সেলা ও নুরা। তারা তিনজনে মিলে একটি অভিনব রণনীতির পরিকল্পনা করেন। ঠিক হয়, চিনা সৈন্যদের কাছ থেকে পাওয়া তিনটি ব্যাংক ও মেশিনগান তিন জায়গায় বসানো হবে। সেলার সাহায্যে যশবন্ত সিং তিনটি ভিন্ন ভিন্ন স্থান থেকে ক্রমাগত গোলাবর্ষণ করবেন চিনা সৈন্যদের ওপর এবং নুরা ফিরে যাবেন

তার গ্রামে। প্রয়োজনীয় রসদ ও সংবাদ সংগ্রহের পর পুনরায় ফিরে আসবেন তাদের কাছে।

পরিকল্পনা মতো, যশবন্ত সিং রাঠোর এবং সেলা প্রায় ৭২ ঘণ্টা তিনটি ভিন্ন ভিন্ন জায়গা থেকে ক্রমাগত গোলাবর্ষণ করে যুদ্ধ চালিয়ে যেতে থাকেন চিনা সৈন্যদলের সঙ্গে। আশ্চর্যের ব্যাপার, চিনা সৈন্যদল বুঝতেই পারেনি যে পোস্টটিতে শুধুমাত্র একজন সৈন্য এবং একজন মহিলা রয়েছেন। তারা মনে করেছিল পোস্টের ঐদিকে হয়তো পুরো ইন্ডিয়ান আর্মির সৈন্যদল রয়েছে।

কিন্তু বিধিবাম, রসদ একেবারে শেষ হয়ে গিয়েছিল। নুরার ফিরে আসতে আরো দু'দিন সময় বাকি ছিল। এমতাবস্থায়, চীনের সাথে আর যুদ্ধ চালিয়ে যাওয়া সম্ভব ছিল না। তাই যশবন্তের অনুমতি নিয়ে সেলা গ্রামের দিকে যাত্রা করে খাবারদাবার এবং অন্যান্য প্রয়োজনীয় সামগ্রী আনার জন্য।

রাস্তায় এসে সেলা চোখে পড়ে যায় চিনা সৈন্যদলের। তারা বুঝতে পারে এই মেয়েটি ভারতীয় সৈন্যদলকে সাহায্য করছে। তারা সেলাকে ধরার জন্য তার পিছু ধাওয়া করে। চিনা সৈনিকদের হাত থেকে ছাড়া পাবার জন্য সেলা প্রাণপণে দৌড়াতে শুরু করে। কারণ সে জানত, সে যদি ধরা পড়ে তাহলে শুধু যশবন্ত সিং নয়, ভারতীয় সৈন্যদলের পক্ষেও বিপদ হতে পারে—কারণ ভারতীয় সৈন্যদল নিরাপদ দূরত্বে পৌঁছেছিল কিনা, তার সঠিক সংবাদ তখনও এসে পৌঁছয়নি। কিন্তু যখন সে বুঝতে পারে যে চিনা সৈনিকদের হাত থেকে রক্ষা পাবার আর কোনো উপায় নেই, তখন যশবন্ত সিং এবং

ভারতীয় সৈন্যদলের প্রাণ বাঁচানোর জন্য পাহাড়ের উপর থেকে সে ঝাঁপ দেয় প্রায় হাজার ফুট নিচে একটি লেকের জলে। এইভাবে নিজের আত্মবলিদানের মাধ্যমে সে রক্ষা করে যায় যশবন্ত সিং রাঠোর এবং প্রায় কয়েক হাজার ভারতীয় সৈন্যের প্রাণ।

কিন্তু তখনও শেষ রক্ষা হয়নি। নুরা প্রয়োজনীয় জিনিস সংগ্রহ করে নির্দিষ্ট সময়ে যশবন্ত সিং রাঠোর এবং সেলাকে সাহায্য করার জন্য রওনা দেয়। সেলার অন্তিম পরিণতি সম্পর্কে তার কিছুই জানা ছিল না। আর চীনা সৈন্যরা সতর্ক দৃষ্টি রেখেছিল, ফলে নুরা ধরা পড়ে সৈন্যদের হাতে।

তাদের অমানুষিক নির্যাতন সহ্য করতে না পেরে সে বলে দেয় যশবন্ত সিং রাঠোর এবং ভারতীয় সৈন্যদের যাবতীয় তথ্য। যদিও ততক্ষণে ভারতীয় সৈন্যরা নিরাপদ স্থানে পৌঁছে গিয়েছিল, তাই তাদের কোনো ক্ষতি হয়নি। কিন্তু চীনা সৈন্যরা ঘিরে ফেলে যশবন্ত সিং-এর বাংকার।

নিজেকে চিনা সৈন্যদের হাতে আত্মসমর্পণ না করে, নিজের উপর গুলি চালান যশবন্ত সিং এবং সেখানেই তার মৃত্যু হয়। তার মৃত্যুর পর চীনা সৈন্যরা তার মাথাটা কেটে নিজেদের দেশে নিয়ে যায়। যদিও যশবন্ত সিং-এর প্রতি মুগ্ধ হয়ে চীনারা তিনদিন পরে সেই মাথাটি পুনরায় ফেরত দেয় এবং সেইসঙ্গে যশবন্ত সিং-এর একটি তামার মূর্তিও ভারত সরকারের কাছে পাঠিয়ে দেয়। এই ঘটনার পর চিনা সৈন্যদল অরুণাচল প্রদেশ ছাড়িয়ে ক্রমশ আসামে ঢুকে পড়ে এবং ১৯৬২ সালের শেষে জওহরলাল নেহেরুর সঙ্গে

সন্ধি প্রস্তাবের মাধ্যমে শেষ হয় চীন-ভারত যুদ্ধ। এই যুদ্ধে ভারতের হয়তো হার হয়েছিল, হয়তো সে জিততে পারেনি চীনের কাছে—কিন্তু যশবন্ত সিং ও সেলার আত্মবলিদান আজও অমর হয়ে আছে ইতিহাসের পাতায়।

অরুণাচল প্রদেশের বোমডিলার কাছে যে স্থানে যশবন্ত সিং শহীদ হয়েছিলেন, আজ ভারত সরকারের উদ্যোগে সেই স্থানকে বলা হয় 'যশবন্তগড়'। সেখানে স্থাপিত হয়েছে যশবন্ত সিং-এর নামে একটি মিউজিয়াম। সেখানে স্থাপন করা হয়েছে চীন প্রদত্ত তাম্রমূর্তিটি, যা দেখতে আজও প্রচুর মানুষের সমাগম ঘটে। এবং সেই লেক, যার জলে ঝাঁপ দিয়ে আত্মাহুতি দিয়েছিল পাহাড়ি কন্যা সেলা—সেই লেক আজ 'সেলা লেক' নামে পরিচিত। এমনকি তাওয়াং-এর কাছে ইন্দো-চীন সীমান্তকে ভারত সরকারের উদ্যোগে 'সেলা পাস' হিসেবে চিহ্নিত করা হয়েছে।

ভারতবর্ষের মানুষ হয়তো আজ সেভাবে মনে রাখেনি যশবন্ত সিং রাঠোর এবং সেলার সেই আত্মদানের কথা, কিন্তু আজও অরুণাচল প্রদেশের মানুষের মুখে মুখে ঘোরে তাদের প্রেমের কাহিনী। স্থানীয় মানুষ মনে করে—আজও নাকি নিশুতি রাত্রে সেই লেকের ধারে মিলন ঘটে তাদের বিদেহী আত্মার। যশবন্ত সিংহ এবং সেলা আজও পরস্পরের সঙ্গে দেখা করতে আসে ঠিক সেই স্থানটিতে, যেখানে অপেক্ষারত যশবন্ত সিং-এর হাতে পৌঁছে দিত খাবার-দাবার, ওষুধ এবং অন্যান্য সামগ্রী।

এই নিয়ে প্রচুর আঞ্চলিক কাহিনী রচিত আছে। এই কাহিনী কতটা সত্যি, কতটা কল্পনা—সে বিতর্কে আর যাব না। তবে আত্মা যদি সত্যিই অমর হয়ে থাকে, তবে এপারে না হলেও, পরপারে হয়তো সত্যিই মিলন হয়েছে যশবন্ত সিং রাঠোর এবং সেলার। যশবন্ত সিং রাঠোর ছিলেন ভারতীয় সৈন্য বাহিনীর একজন সেনা। তার পক্ষে দেশের জন্য প্রাণ উৎসর্গ করাটা বড় কিছু নয়। কিন্তু সেই পাহাড়ি উপজাতির মেয়ে সেলা—সে শুধুমাত্র যশবন্ত সিংকে ভালবেসে, সমস্ত বিপদ অগ্রাহ্য করে, প্রাণের ঝুঁকি নিয়ে, নিঃস্বার্থভাবে তার পাশে থেকেছে। শত্রুর বন্দুকের সামনে বুক চিতিয়ে দাঁড়াতে, এমনকি প্রয়োজনে প্রাণ বিসর্জন দিতেও কুণ্ঠাবোধ করেনি।

পৃথিবী তাকে প্রেমিকা হিসেবে কতটা মনে রাখবে, তা জানা নেই। কিন্তু ঈশ্বরের প্রেমের আকাশে সে চিরকাল একটি জ্বলজ্বলে তারা হয়ে থেকে যাবে।

D এক অসমাপ্ত প্রেম কাহিনী

দ্বিতীয় বিশ্বযুদ্ধ। এই দ্বিতীয় বিশ্বযুদ্ধের সঙ্গে নিবিড় ভাবে জড়িয়ে আছে জার্মান চ্যান্সেলর অ্যাডলফ হিটলারের নাম। যার নাম শুনলে আজও শিউরে ওঠে সমগ্র বিশ্ববাসী। বিশ্ববাসীকে তিনি উপহার দিয়েছিলেন কনসেন্ট্রেশন ক্যাম্প, হলোকাস্ট, গ্যাস চেম্বার এবং হাজার হাজার হতভাগ্য মানুষের মর্মান্তিক মৃত্যু। ১৯৩৯ থেকে ১৯৪৫—এই সাত বছর পৃথিবীবাসী দেখেছিল পৃথিবীর মধ্যে সৃষ্ট এক নরককে।

১৯৪২-এর এক বসন্তকাল। প্রায় দেড় হাজার ইহুদি শিশু ও নারীকে নিয়ে একটি ট্রেন স্লোভাকিয়া থেকে ছুটে চলেছে পোল্যান্ডের দিকে। ট্রেনের কামরায় বসে থাকা শিশু ও নারীরা শেষবারের মতো দেখে নিচ্ছে স্লোভাকিয়ার সোনালি গমের ক্ষেত, ম্যাপল গাছের পাতা ঝরা রাস্তা, দূরে পাহাড়ের কোলে সার দিয়ে দাঁড়িয়ে থাকা পাইন বন। কে জানে, আর কোনোদিন তারা এসব দেখতে পাবে কিনা? তাদের বুকে জমে রয়েছে অনাগত ভবিষ্যতের আতঙ্ক। যদিও তারা জানে, তাদের শেষ পরিণতি কী। ট্রেনটির গন্তব্য আউশভিৎস। আউশভিৎস—পোল্যান্ডের কুখ্যাততম কনসেন্ট্রেশন ক্যাম্প, যেখানে প্রতিদিন অবলীলায় হত্যা করা হয় হাজার হাজার ইহুদি নর-নারীকে। এই ট্রেনের যাত্রীদের মধ্যে কয়েকজন হলেন উনিশ বছরের স্লোভাকিয়ান তরুণী হেলেনা সিট্রেনোভা, তার দিদি, মা, দিদির কয়েকজন শিশু সন্তান। ট্রেনের অন্যান্য যাত্রীদের মতো তারাও হিটলারের ইহুদি বিদ্বেষের শিকার।

আউশভিৎসে পৌঁছানোর পর ট্রেনের সব যাত্রীদের নিয়ে যাওয়া হল ওখানকার কনসেন্ট্রেশন ক্যাম্পে। প্রত্যেককেই পরিয়ে দেওয়া হল নীল এবং সাদা ডোরাকাটা কয়েদির পোশাক। গ্যাস চেম্বারে পাঠিয়ে হত্যার আগে এই সমস্ত কয়েদিদের দিয়ে অত্যন্ত পরিশ্রমের কাজ করিয়ে নেওয়া হতো। কনসেন্ট্রেশন ক্যাম্পে অমানুষিক পরিশ্রমের মধ্য দিয়ে তাদের অপেক্ষা করতো গ্যাস চেম্বারে মৃত্যুর জন্য। হেলেনা খুব ভালো গান গাইতে পারতেন, কিন্তু কনসেন্ট্রেশন ক্যাম্পে কয়েদিদের গান গাওয়া ছিল বারণ। একদিন সকালে কয়েকজন নাৎসি সেনা এসে জানতে চাইলো কয়েদিদের মধ্যে কেউ গান গাইতে পারে কিনা। এগিয়ে এলেন হেলেনা। আসলে সেদিন ছিল ২২ বছরের তরুণ গেস্টাপো অফিসার ফ্রাঞ্জ উন্স-এর জন্মদিন। নাৎসি অফিসাররা উদযাপন করছিলেন তার জন্মদিন। হেলেনা ভেবেছিল, এটাই হয়তো তার জীবনের শেষ গান, তাই জন্মদিনের পার্টিতে গিয়ে নিজের সমস্ত ভালোবাসা, আবেগ উজাড় করে সে গেয়ে উঠলো জন্মদিনের গান।

তরুণ নাৎসি অফিসার ফ্রাঞ্জ মেয়েটির দিকে তাকিয়ে অবাক হয়ে গেলেন, অপলক চেয়ে রইলেন তার দিকে। সেই মুহূর্তে তিনি ভুলে গেলেন তিনি একজন গেস্টাপো অফিসার, আইন অমান্য করলে তার জন্য কী শাস্তি অপেক্ষা করছে, কয়েদিদের মত তার পরিণতি হবে সেই গ্যাস চেম্বার। কিন্তু প্রেম কি আর পরিণতির অপেক্ষা করে? ভালোবেসে ফেললেন তিনি মেয়েটিকে।

পরের দিন হেলেনা যখন কনসেন্ট্রেশন ক্যাম্পে কাজে ব্যস্ত, আচমকাই তার সামনে আবিষ্কার করলেন ২২ বছর বয়সী একজন তরুণ অফিসারকে। নাৎসি অফিসাররা ইহুদিদের কাছে ছিল মৃত্যু-স্বরূপ, তাই বেশিক্ষণ তাকালেন না তার দিকে। হঠাৎ হেলেনার কোলে এসে পড়ল একটি কাগজখণ্ড। সেটিকে মৃত্যুর পরোয়ানা ভেবে তৎক্ষণাৎ ছিঁড়ে ফেললেন হেলেনা। কিন্তু অবাক কাণ্ড—ছিঁড়ে ফেলার আগে কাগজের মধ্যে লেখা 'love' শব্দটি তার নজরে পড়েছিল। অবাক হয়ে গিয়েছিল হেলেনা, পূর্ণ দৃষ্টিতে তাকিয়ে ছিলেন সামনে দাঁড়িয়ে থাকা তরুণ নাৎসি অফিসারটির দিকে। ক্রমশ সেও ভালোবাসতে শুরু করেছিল ফ্রাঞ্জকে। আউশভিৎসের কনসেন্ট্রেশন ক্যাম্পের কাঁটাতারের মধ্যে হিংসা ও ক্ষমতালিপ্সার মরুভূমিতে ফুটে উঠেছিল তাদের প্রেমের গোলাপ। হেলেনা তার আত্মকথায় লিখেছিলেন, "As time went by, there a moment came when I truly loved him. He risked his life (for me) more than once."

"সময় যত যেতে লাগল, এমন একটা মুহূর্ত এলো, যখন আমি তাকে সত্যি করে ভালবেসেছিলাম। সে আমার জন্য একাধিকবার তার জীবনের ঝুঁকি নিয়েছিল।"

ফ্রাঞ্জ জানতেন তার নিয়ম ভাঙার শাস্তি। হেলেনা জানতেন তার অন্তিম পরিণতি। তবু সমস্ত কিছুকে উপেক্ষা করে, সবার চোখে ধুলো দিয়ে তারা ডুব দিলেন প্রেমের সাগরে। নানা কৌশলে ফ্রাঞ্জ ক্রমাগত পিছিয়ে দিতে লাগলেন হেলেনা এবং তার পরিবারের গ্যাস

চেম্বারে মৃত্যুর দিন। নানাভাবে সাহায্য করতে থাকেন তাদের, যাতে তারা সে কনসেন্ট্রেশন ক্যাম্প থেকে পালিয়ে যেতে পারে। ফ্রাঞ্জ জানতেন, কোনও দিনই তাদের মিলন সম্ভব নয়, তাই নিজের প্রেমিকাকে বাঁচানোর জন্য মরিয়া হয়ে উঠেছিলেন তিনি। অবশেষে হেলেনা ও তার দিদিকে বাঁচাতে সমর্থ হন তিনি, যদিও হেলেনার মা ও দিদির শিশুসন্তানদের বাঁচাতে পারেননি ফ্রাঞ্জ। গ্যাস চেম্বারে মৃত্যু হয়েছিল তাদের।

কনসেন্ট্রেশন ক্যাম্প থেকে পালানোর সময় হেলেনা আর ফ্রাঞ্জ পরস্পরের হাতে হাত রেখে কথা দিয়েছিলেন—যদি বেঁচে থাকে, কোনো না কোনো দিন নিশ্চয়ই আবার মিলিত হবে তারা। হেলেনা এবং তার দিদি কনসেন্ট্রেশন ক্যাম্প থেকে পালিয়ে সোভিয়েত হয়ে চলে যান ইজরায়েলে। পরবর্তীকালে তারা চলে যান কানাডায় এবং সেখানেই দুই বোন তাদের কর্মজীবন শুরু করেন।

১৯৪৫ সালে সোভিয়েত রেড আর্মি দখল করে বার্লিন, পতন হয় হিটলারের, পরিসমাপ্তি ঘটে দ্বিতীয় বিশ্বযুদ্ধের। দ্বিতীয় বিশ্বযুদ্ধের অবসানে হাজার হাজার গেস্টাপো নাৎসি অফিসারকে গ্রেফতার করা হয়। সে সময় ফ্রাঞ্জ ছদ্মবেশে পালিয়ে যান অস্ট্রিয়ায়। সেখানে নিজের কর্মজীবন শুরু করেন তিনি।

কিন্তু হেলেনা বা ফ্রাঞ্জ কেউই পরস্পরকে ভোলেননি। ফ্রাঞ্জ পাগলের মত সমস্ত ইউরোপ জুড়ে খুঁজে বেড়িয়েছেন হেলেনাকে, এবং হেলেনাও যথাসম্ভব খোঁজ করার চেষ্টা চালিয়ে গেছেন

ফ্রাঞ্জের। কিন্তু কেউই পরস্পরের খবর পাননি, এবং পরস্পরকে মনে রেখে তারা কেউই বিবাহবন্ধনে আবদ্ধ হননি।

প্রায় ২৮ বছর পর, ১৯৭২ সালে গেস্টাপো অফিসার হিসেবে ধরা পড়েন ফ্রাঞ্জ। শুরু হয় আন্তর্জাতিক আদালতে তার বিচার। খবরের কাগজে ফ্রাঞ্জের ছবি দেখে চমকে ওঠেন হেলেনা, তিনি আদালতে ছুটে যান সাক্ষ্য দিতে। হেলেনা এবং তার দিদির সাক্ষ্য থেকে প্রমাণিত হয়—সীমিত ক্ষমতার মধ্যে থেকেও এই তরুণ গেস্টাপো অফিসার নানাভাবে চেষ্টা করেছিলেন ইহুদিদের প্রাণ রক্ষা করতে। কখনো সাফল্য লাভ করেছেন, কখনো ব্যর্থ হয়েছেন।

তাদের সাক্ষ্যের ফলে ফ্রাঞ্জ আন্তর্জাতিক আদালতের শাস্তি থেকে মুক্তি পান। কিন্তু আন্তর্জাতিক আইন অনুসারে তারা বিয়ে করতে পারেননি এবং একসাথে থাকতে পারেননি। ফলে হেলেনা সারা জীবন কাটিয়েছেন কানাডায়, এবং ফ্রাঞ্জ কাটিয়েছেন অস্ট্রিয়ায়। কিন্তু শরীরের দূরত্ব থাকলে কি আর মনের দূরত্ব থাকে? তাই সারাজীবন পরস্পরের সঙ্গে যোগাযোগ রেখে গিয়েছেন তারা, কখনও কখনও পরস্পরের কাছে বেড়াতে গিয়েছেন। এইভাবে, একসঙ্গে না থেকেও সারা জীবন একসঙ্গে থেকেছেন তারা। ২০০৫ সালে মৃত্যু হয় হেলেনার, এবং ঠিক তার চার বছর পরে ২০০৯ সালে ফ্রাঞ্জের। এই পৃথিবীর বুকে তাদের মিলন না হলেও, হয়তো পরপারে মিলন হয়েছে তাদের। হেলেনাকে ভালবেসে ফ্রাঞ্জের মত একজন নাৎসি অফিসার হয়ে উঠেছিলেন একজন সহৃদয় মানুষ। পরবর্তীকালে তিনি বহু ইহুদির প্রাণ বাঁচাতে সাহায্য করেছিলেন।

ফ্রাঞ্জ তার জবানবন্দিতে বলেছেন, "Desire changed my brutal behaviour... I fell in love with Helena Citronova and that changed me. I changed into another person because of her influence."

(ইচ্ছে আমার বর্বর ব্যবহার পরিবর্তন করে দিয়েছিল। আমি হেলেনার প্রেমে পড়েছিলাম, যা আমাকে পরিবর্তন করেছিল। তার প্রভাবে আমি একজন অন্য মানুষের পরিণত হয়েছিলাম।)

এই ভাবেই, পৃথিবীতে যখন ঘৃণা আর বিদ্বেষ নিজের আধিপত্য ছড়াবে, তখন প্রেম নতুন করে তার ঠিকানা খুঁজে নেবে।

E ইতিহাসের এক বিখ্যাত ছবি ও তার আশ্চর্য কাহিনী

পঞ্চদশ শতাব্দীর ইউরোপ। নবজাগরণ বা রেনেসাঁসের হাওয়া লেগেছে ইউরোপের শিক্ষা, সংস্কৃতি, সাহিত্য এবং শিল্পে। এই নবজাগরণের পুরোধা নিঃসন্দেহে বলা যায় ইতালিকে, এবং এই রেনেসাঁস আন্দোলনের একজন অন্যতম কারিগর ছিলেন বিখ্যাত শিল্পী লিওনার্দো দা ভিঞ্চি।

সারা জীবনে প্রচুর ছবি এঁকেছিলেন লিওনার্দো, তার মধ্যে দুটি ছবি ছিল সবচেয়ে বিখ্যাত— 'মোনালিসা' এবং 'দ্য লাস্ট সাপার'। লিওনার্দোর প্রত্যেকটি ছবির নেপথ্যে আছে অনেক রহস্য এবং আশ্চর্য ঘটনা। 'মোনালিসা' ছবির নেপথ্যের রহস্যের কথা অনেকেরই জানা, কিন্তু 'দ্য লাস্ট সাপার' ছবির নেপথ্যে লুকিয়ে আছে যে আশ্চর্য ঘটনা, তা লিপিবদ্ধ করব আজ এখানে। পঞ্চদশ শতাব্দীতে রাজা ফ্রান্সিস লিওনার্দো দা ভিঞ্চিকে অনুরোধ করেন ইতালির মিলান শহরের সান্টা মারিয়া ডেল গির্জার ডাইনিং রুমের দেয়ালে একটি ছবি আঁকার জন্য। গির্জার দেয়ালে আঁকা ছবি মূলত বাইবেল এবং যীশুর জীবনীভিত্তিক ঘটনা হয়ে থাকে। লিওনার্দো স্থির করলেন যেহেতু ডাইনিং রুমের জন্য আঁকা, সেহেতু তিনি যিশুখ্রিস্টের শেষ ভোজন— 'দ্য লাস্ট সাপার' ছবিটি আঁকবেন।

ছবিটি আঁকার জন্য তিনি ভ্যাটিকানে গেলেন পোপের অনুমতি নিতে। অনুমতি দিলেন পোপ, কিন্তু শর্ত দিলেন ছবিটি শুরু করতে হবে যীশুখ্রিস্টকে দিয়ে এবং শেষ করতে হবে জুডাসকে দিয়ে।

জুডাস ছিলেন সেই মানুষ যিনি যিশুখ্রিস্টের সাথে বিশ্বাসঘাতকতা করেছিলেন।

কাজ শুরু করলেন লিওনার্দো। লিওনার্দোর ছবির বিশেষত্ব হলো—তিনি যখন কোনো চরিত্রের ছবি আঁকেন, তা কখনোই মন থেকে আঁকেন না। তার প্রত্যেকটি চরিত্রের জন্য একটি মডেলের প্রয়োজন হয়।

শুরু হলো যীশু চরিত্র আঁকার জন্য একটি মডেলের খোঁজ। সারা ইতালি জুড়ে বিজ্ঞপ্তি দেওয়া হলো, অনেক মডেলকে দেখলেন লিওনার্দো, কিন্তু কাউকেই তার পছন্দ হলো না। লিওনার্দো চাইছিলেন যীশুর জন্য এমন একটি মডেল, যার চোখেমুখে থাকবে একটি স্বর্গীয় দেবত্ব। অবশেষে ইতালির ফ্লোরেন্স শহরে ১৯ বছরের এক তরুণ বেহালাবাদককে দেখলেন লিওনার্দো। ধবধবে ফর্সা রং, ঘাড় অবধি নেমে আসা ব্রাউন চুলের রাশি, নীল রঙের চোখের সঙ্গে অদ্ভুত এক শিশুসুলভ সারল্য ছিল ছেলেটির মুখে। সে ছিল যেন লিওনার্দোর কল্পনার জেসাস।

শুরু হলো ছবি আঁকা। জেসাস সমেত মোট ১৩টি চরিত্র ছিল 'দ্য লাস্ট সাপার' ছবিটিতে—জেসাস, বার্থলোমিউ, জেমস, অ্যান্ড্রু, জুডাস, পিটার, জন, থমাস, জেমস, ফিলিপস, সাইমন, ম্যাথিউ এবং জুড।

অন্যান্য চরিত্রগুলির মডেল পেতে সেরকম অসুবিধা হলো না লিওনার্দোর। এগিয়ে চলল ছবি আঁকার কাজ।

এইভাবে কেটে গেল প্রায় তিনটি বছর। কিন্তু মুশকিল হল জুডাস চরিত্রটি আঁকার সময়, কারণ এই চরিত্রের মডেল হওয়ার জন্য কেউই রাজি ছিল না। আর তাছাড়া, লিওনার্দো চেয়েছিলেন জুডাসের জন্য এমন একজন মডেল, যার চোখেমুখে ফুটে বেরোবে ক্রুরতা, হিংস্রতা এবং নারকীয়তা।

তিনি জানতেন ইতালির জনগণের মধ্যে এই রকম মডেল পাওয়া সম্ভব নয়, তাই রাজা ফ্রান্সিসের অনুমতি নিয়ে তিনি খোঁজ করতে লাগলেন ইতালির বিভিন্ন কারাগার এবং কয়েদখানায়। অনেক মডেল দেখলেন লিওনার্দো, কিন্তু কাউকেই তার পছন্দ হলো না।

অবশেষে তিনি গেলেন রোমের এমন এক কয়েদখানায়, যেখানে কয়েদ করে রাখা হতো কুখ্যাত অপরাধীদের। এরা সকলেই ছিল মৃত্যুদণ্ডপ্রাপ্ত আসামি। এদের বন্দি করে রাখা হতো মাটির নিচের কুঠুরিতে—সূর্যের আলো দেখার অনুমতি ছিল না তাদের। কিন্তু লিওনার্দো দা ভিঞ্চির মতো একজন বিখ্যাত শিল্পীর জন্য রাজা অনুমতি দিলেন, তাদের সকলকে লিওনার্দোর সামনে নিয়ে আসার জন্য। তাদের মধ্যে একজনকে দেখে চমকে উঠলেন লিওনার্দো— 'আরে! এই তো তার কল্পনার জুডাস!'

লিওনার্দো অনুমতি চাইলেন সেই কয়েদিকে তার ছবির জুডাস বানানোর জন্য। অনুমতি দিলেন রাজা, কিন্তু শর্ত দিলেন—যতদিন লিওনার্দো ছবি আঁকবেন, ওই কয়েদিকে রাখা হবে একটি কাচের ঘরে। বাইরে থেকে লিওনার্দো তাকে দেখে ছবি আঁকবেন, এবং

কাচের ঘরের পাশে থাকবে দুজন সশস্ত্র প্রহরী, যাতে ওই কুখ্যাত কয়েদি লিওনার্দোর কোনো ক্ষতি করতে না পারে, কারণ লোকটি ইতিমধ্যেই ১৭ জন মানুষকে খুন করেছিল।

শুরু হলো ছবি আঁকা এবং তা ক্রমে শেষের পথে এগিয়ে গেল।

কিছুদিন ধরেই লিওনার্দো লক্ষ্য করছিলেন, কাচের ঘরের মধ্যে লোকটি তাকে দেখে অঝোরে কাঁদছে। প্রথমে লিওনার্দোর মনে হয়েছিল, হয়তো কয়েদির মনে তার কৃতকর্মের জন্য অনুশোচনা হচ্ছে। তাই তিনি ব্যাপারটাকে বিশেষ গুরুত্ব দেননি।

একসময় শেষ হয়ে যায় ছবি। পুনরায় লোকটিকে জেলে নিয়ে যাওয়ার জন্য প্রস্তুত করা হয়। কিন্তু আশ্চর্য হয়ে লিওনার্দো দেখেন—লোকটি পাগলের মতো আচরণ করছে এবং তার দিকে ইঙ্গিত করে কিছু বলতে চাইছে।

লিওনার্দো বুঝতে পারলেন লোকটি তাকে কিছু বলতে চায়। রাজার অনুমতিক্রমে লোকটিকে নিয়ে আসা হল লিওনার্দোর সামনে।

লোকটি লিওনার্দোর পায়ের কাছে হাঁটু গেড়ে বসে বলল, "হে দা ভিঞ্চি, তুমি কি আমায় চিনতে পারছো না?" অবাক হলেন লিওনার্দো—তার মতো মহান শিল্পী কী করে এক কুখ্যাত অপরাধীকে চিনবেন?

লোকটি ভেঙে পড়ল কান্নায়। কাঁদতে কাঁদতে বলল, "হে ভগবান, আমি কি এতই নিচে নেমে গেছি? দা ভিঞ্চি, ভালো করে

দেখুন। আমি হলাম সেই তরুণ বেহালাবাদক—যাকে দেখে আজ থেকে তিন বছর আগে আপনি জেসাসের ছবিটি এঁকেছিলেন!"

চমকে উঠলেন লিওনার্দো! কী বলছে লোকটি? ভালো করে দেখে বুঝতে পারলেন—কয়েদিটি সত্যিই কথাটি বলেছে।

ভগ্নহৃদয়ে ফিরে এলেন লিওনার্দো। তিনি সেদিন উপলব্ধি করলেন—বাহ্যিক চেহারা নয়, মনই মানুষকে নিয়ে যেতে পারে স্বর্গ কিংবা নরকে। তিনি আরও উপলব্ধি করলেন—মানুষের মনে একইসাথে পাশাপাশি বাস করে দেবতা এবং দানব।

অর্থাৎ, লিওনার্দোর বিখ্যাত ছবি 'দ্য লাস্ট সাপার'-এ যীশু ও জুডাসের মডেল ছিল একজন মানুষ!

পাঠকের জন্য নিচে আমি লিওনার্দোর পেইন্টিংটি অ্যাটাচ করলাম।

F এক বালিকা বধূর দেশনেতা দর্শন

১৯২০ সাল। স্বাধীনতা আন্দোলনের আগুনে অগ্নিগর্ভ গোটা ভারতবর্ষ। স্বাধীনতা আন্দোলনের সেই আগুনের আঁচ ছড়িয়ে পড়েছে বাংলা থেকে বিহার, উড়িষ্যা, পাঞ্জাব, আসমুদ্র-হিমাচল। দলে দলে দেশের মানুষ সামিল হচ্ছেন স্বাধীনতা আন্দোলনে। হাসিমুখে ফাঁসির দড়ি গলায় পরছে, ব্রিটিশের বন্দুকের সামনে বুক চিতিয়ে নির্ভয়ে দাঁড়াচ্ছে হাজার হাজার তরুণ। মহাত্মা গান্ধী থেকে দেশবন্ধু চিত্তরঞ্জন দাস, সুভাষচন্দ্র বসু—এমন সব দেশনেতার কথায় স্বাধীনতা আন্দোলনে উদ্বুদ্ধ হচ্ছে সমস্ত দেশের মানুষ।

এমনই এক অগ্নিগর্ভ পরিস্থিতিতে, অধুনা বাংলাদেশের রাজশাহীর এক ব্রাহ্মণ পরিবারের নবম বর্ষীয়া কন্যা, ময়মনসিংহের টাঙ্গাইল সাবডিভিশনের হরিদেবপুর গ্রামের এক বর্ধিষ্ণু এবং সম্পন্ন পরিবারের বধূ হয়ে এলেন। তাঁর স্বামীর বয়স তখন ১৮ বছর। সে ঢাকা কলেজে বিএ পড়ছে। ঢাকা কলেজের হোস্টেলে তার বাস। বিয়ের কিছুদিন পরেই নববধূকে বাড়িতে রেখে সে ঢাকা চলে যায় পড়াশোনার উদ্দেশ্যে।

শ্বশুরবাড়িতে নববধূর দিন কাটে শাশুড়ি, খুড়শাশুড়ি, দিদি-শাশুড়িদের কড়া শিক্ষায়—মাথায় ঘোমটা দিতে শেখা, শাড়ি সামলানো, শিবপূজো, সেলাই-ফোড়াই, সুপারি কাটা, পান সাজা, ময়মনসিংহের বিভিন্ন রান্নাবান্না, বড়ি দেওয়া, আচার, আমসত্ত্ব বানানো ইত্যাদি কাজে কখন যে তার সারাদিন কেটে যায়, সে বুঝতেই পারে না। অবসর সময় কাটে তারই বয়সী ছোট ছোট

দেওর-ননদের সঙ্গে খেলাধুলায়। বিশেষ করে তার এক তেরো বছরের খুড়তুতো দেওরের সঙ্গে তার বড়ই ভাব।

স্বামী বাড়িতে আসে বছরে মাত্র দু'বার। যখন আসে, তার জন্য নিয়ে আসে চুলের ফিতে, কাচের চুড়ি, নানান রকমের খেলনা পুতুল। তাই স্বামীর জন্য অধীর আগ্রহে অপেক্ষা করে সে। তবে সেটা স্বামীর প্রতি ভালোবাসা, নাকি নতুন নতুন উপহার পাওয়ার জন্য—সেটা নিয়ে যথেষ্ট সন্দেহ আছে। সত্যি কথা বলতে কী, স্বামীর প্রতি কোনো অন্য অনুভূতি আসার বয়সও হয়নি তার।

তার বাপের বাড়ি এবং শ্বশুরবাড়িতে মেয়েদের পাঠশালায় যাওয়ার রীতি না থাকলেও স্ত্রী-শিক্ষা নিষিদ্ধ ছিল না। বাপের বাড়িতে থাকতেই সে তার ভাইদের কাছে বাংলা পড়তে ও লিখতে শিখেছিল; এছাড়াও শিখেছিল যোগ, বিয়োগ, গুণ, ভাগ। এই শিক্ষা তার শ্বশুরবাড়িতে এসে বড়ই কাজে এসেছিল। শীতের দুপুরে রৌদ্রে পিঠ দিয়ে বসে দিদি-শাশুড়িকে সে পড়ে শোনাতো রামায়ণ-মহাভারত, উপনিষদ, ব্রতকথা। গ্রামে পালা-পার্বণে যাত্রাপালা এবং কবি গানের আসর বসতো। বাড়ির অন্যান্য মেয়েদের সঙ্গে ঘোমটা টেনে চিকের আড়াল থেকে সে তার কৌতূহলী চোখ দিয়ে দুচোখ ভরে দেখত সেসব।

এই ভাবেই কেটে যাচ্ছিল তার নিস্তরঙ্গ পল্লী জীবন। একদিনই এই নিস্তরঙ্গ জীবনে উঠলো এক ঢেউ।

একদিন গ্রামে রব উঠল—গ্রামে নাকি কেউ একজন খুব বড় মাপের দেশনেতা আসবেন। সমস্ত গ্রামে ছড়িয়ে গেল সেই খবর। সকলে ব্যস্ত হয়ে পড়ল সে দেশনেতার আসার প্রস্তুতিতে। সমস্ত গ্রামের আবর্জনা পরিষ্কার করা হলো, রাস্তা পরিষ্কার করা হলো। গ্রামের নির্দিষ্ট জায়গায় তৈরি করা হলো ভাষণ দেবার জন্য মঞ্চ, মঞ্চ সাজানো হলো ফুল-মালায়।

নববধূর শ্বশুরবাড়ি ছিল যথেষ্ট সঙ্গতিপূর্ণ। সে যুগে তো আর হোটেল ছিল না, ফলে গ্রামে বাইরে থেকে কোন অতিথি এলে সেই গ্রামের কোন বিত্তবান পরিবারে তার আহারাদি এবং আপ্যায়নের ব্যবস্থা করা হতো। নববধূর শ্বশুরবাড়িতেও তখন শুরু হয়ে গেছে পুরোদমে প্রস্তুতি। অন্দরমহল থেকে সে লক্ষ্য করতো, তার শ্বশুরমশাই কিভাবে বাড়ির কাজের লোকদের নির্দেশ দিচ্ছেন—পুকুর থেকে কাতলা মাছ তোলা, খেতের টাটকা সবজি তোলা, যশোর থেকে দই-মিষ্টি আনানো ইত্যাদি।

বাড়ির মহিলারা নিজেদের মধ্যে জল্পনায় ব্যস্ত—কি কি রান্না করে সে অতিথিকে নিবেদন করা হবে। নববধূ তখন সেভাবে রান্না করতে শেখেনি, হাতে হাতে বাড়ির বড়দের সাহায্য করাটুকু তার কাজ। এর আগে সে কখনো দেশনেতা দেখেনি, ফলে প্রথম দেশনেতা দর্শনের অনুভূতি কিরকম, তা জানার জন্য অধীর আগ্রহে সেও বাড়ির অন্যান্য সদস্যদের মতোই অপেক্ষা করছিল।

নির্দিষ্ট দিনে গ্রামের মহিলা-পুরুষ নির্বিশেষে সকাল সকাল খাওয়া-দাওয়া করে পৌঁছে গেল সেই দেশনেতার ভাষণ শোনবার

জন্য। বর্ধিষ্ণু বংশের বউ হওয়ার জন্য তাদের বাড়ির মেয়েদের অনুমতি ছিল না সেখানে যাবার। তারা ঘরে আয়োজন করতে লাগলেন অতিথি আপ্যায়নের। বাড়ির মেয়েদের বারবার সে জিজ্ঞাসা করেছিল সেই দেশনেতার নাম, কিন্তু কেউই তার নাম বলতে পারেনি। এমনকি তেরো বছরের দেওরও তার নাম জানতো না।

বৌদিদির বারবার প্রশ্নে সে বলল—সংবাদপত্রে দেশনেতার এখানে আসার খবর ছাপা হয়েছে, সেখানেই হয়তো তার নাম পাওয়া যাবে। বালিকা-বধূর শ্বশুরমশাই বাড়িতে অমৃতবাজার পত্রিকা রাখতেন, কিন্তু সেই পত্রিকা থাকতো বাড়ির বৈঠকখানায়। বাড়ির অন্দরমহলের সঙ্গে সংবাদপত্রের কোনোই সংযোগ ছিল না। চুপি চুপি দেওরের হাত দিয়ে সেই সংবাদপত্র তার কাছে এসে পৌঁছল। সংবাদপত্রে দেশবন্ধু চিত্তরঞ্জন দাসের ময়মনসিংহ সফরের কথা লেখা হয়েছে। জাতীয় কংগ্রেসের অধিবেশনে এর বিশেষ প্রচারে তিনি এসেছেন।

মেয়েটি অবাক হয়ে গেল দেশবন্ধু চিত্তরঞ্জন দাসের নাম শুনে। বাংলার ঘরে ঘরে দেশবন্ধু চিত্তরঞ্জন দাস তখন একজন অতি পরিচিত নাম। বিয়ের আগে বাপের বাড়িতে থাকতে নিজের বাবা এবং ভাইদের মুখে বহুবার মেয়েটি শুনেছে তার কথা। সেই বিশ্ববন্দিত দেশনেতা আজ আসবেন তার শ্বশুরবাড়িতে! মেয়েটির বিস্ময়ের যেন সীমা-পরিসীমা ছিল না। যথাসময় সভা সমাপ্ত করে দেশবন্ধু চিত্তরঞ্জন দাস পা রাখলেন বালিকা-বধূর শ্বশুরবাড়িতে।

চোখে চশমা, ধবধবে ফর্সা রং, পরনে খদ্দরের ধুতি-পাঞ্জাবি-চাদর, মার্জিত বাচনভঙ্গি—সমস্ত শরীর থেকে ঠিকরে বের হচ্ছে আভিজাত্য।

মেয়েটি কখনো ভগবান দেখেনি, তার মনে হলো—সত্যি করে ভগবানকে এরকমই দেখতে হয়। আসনপিড়ি হয়ে বসে তিনি অত্যন্ত তৃপ্তির সঙ্গে গ্রহণ করলেন সমস্ত আহার্য। আহারাদি শেষে বিনীত কণ্ঠে ধন্যবাদ জানালেন বাড়ির কর্তাদের এবং বাড়ির মেয়েদের, যারা এই সুস্বাদু আহার্য পরিবেশন করেছে, এবং সকলকে তিনি "মা" বলে সম্বোধন করলেন। মেয়েটি দারুণ অবাক হয়ে গেল। এতদিন সে তার বাড়ি এবং শ্বশুরবাড়িতে মেয়েদের দুই বেলা পুরুষদের নানা রকম খাবার রান্না করে দিতে দেখেছে—কই, কেউ তো সেইসব খেয়ে কখনো ধন্যবাদ দেয় না! মেয়েদের কাজই তো রান্না করা, এটাই তো সে জন্ম থেকে শুনে এসেছে। কিন্তু এই মহাপুরুষ সমস্ত মেয়েদেরকে ধন্যবাদ জানালেন এই সামান্য কাজের জন্য! অবাক হয়ে তাকিয়ে রইল মেয়েটি।

মেয়েরাও যে কারো কাছ থেকে ধন্যবাদ, সম্মান পেতে পারে—এই সত্যটি সেদিন সে প্রথম উপলব্ধি করল।

রাত বাড়তে লাগল। বাড়ির অন্দরমহলে কানাঘুষোয় মেয়েটি জানতে পারল, গ্রামের মানুষ দেশবন্ধুর জন্য একটি তহবিল গঠন করছে, যার যতটুকু সামর্থ্য, সে সেই তহবিলে দান করবে। ওই তহবিলের সঞ্চিত অর্থ সব দান করা হবে দেশের স্বাধীনতা

আন্দোলনের কাজে। তার শ্বশুরমশাইও কিছু টাকা দেওয়ার জন্য প্রতিশ্রুতিবদ্ধ হয়েছেন।

মেয়েটির খুব ইচ্ছে হলো দেশবন্ধুকে কিছু দিতে। কিন্তু তার কাছে আর পয়সা কোথায়? তার বিয়ের সময় দুই বাড়ি থেকে প্রাপ্ত গয়নার বেশিরভাগটাই ছিল শাশুড়ি মার কাছে। সে ছোট বলে শাশুড়ি মা তাকে বেশি গয়না রাখতে দেননি, শুধু কিছু গয়না দিয়েছিলেন পরবার জন্য।

তার মধ্যে থেকে একটি সোনার বিছা হার খুলে সে তুলে দিল তার তেরো বছর বয়সী দেওরের হাতে। স্তম্ভিত হয়ে গেল সেই বাচ্চা ছেলেটিও। যদি এই ঘটনার কথা বাড়ির বড়রা জানতে পারে, তাহলে পিঠের হাড় আর আস্ত থাকবে না। কিন্তু বৌদির কাছ থেকে পাওয়া আমসত্ত্ব-আচারের প্রতিশ্রুতিতে সে রাজি হয়ে গেল। এবং এই কথা কাউকে না বলার জন্য বৌদির কাছে প্রতিশ্রুতিবদ্ধ হলো সে।

বৌদির দেওরের কাছে আরও একটি দাবি ছিল—সে নিজে হাতে যেন দেশবন্ধুর হাতে হারটা তুলে দেয়।

হারটা নিয়ে তার দেওর চলে গেল বৈঠকখানার পাশে অতিথিশালায়, তুলে দিল দেশবন্ধুর হাতে। হারটা পাওয়ার পর দেশবন্ধুর কী অভিব্যক্তি হয়েছিল, তা সঠিকভাবে জানা সম্ভব হয়নি সেই বালিকা বধূর। তার তেরো বছরের দেওর তার সঠিক বর্ণনা দিতে পারেনি। শুধু দেশবন্ধুর কাছ থেকে সে পেয়েছিল একটি

ছোট্ট চিরকুট, যার মধ্যে লেখা ছিল একটি ছোট্ট লাইন—"সুখে থেকো মা।"

এই ঘটনা এবং চিরকুট—দু'টোই সে গোপন করেছিল তার শ্বশুরবাড়ির সমস্ত মানুষের কাছ থেকে। বাড়ির বৌ লুকিয়ে লুকিয়ে গায়ের গয়না পাঠিয়েছে পরপুরুষের কাছে—এটা জানাজানি হলে কী হতে পারে, তা বোধহয় সেই দশ বছরের বালিকা বধূর ধারণা ছিল।

হারটা হারানোর জন্য সেই বালিকা বধূ বারংবার তিরস্কৃত হয়েছিল শাশুড়ি মার কাছে। তা সত্ত্বেও সে কখনো সত্য প্রকাশ করেনি—এমনকি তার স্বামীর কাছেও না।

এই ঘটনার প্রায় তিন বছর পরে, ১৯২৫ সালে মৃত্যু হয় দেশবন্ধু চিত্তরঞ্জন দাসের। মেয়েটি তখন সন্তানসম্ভবা। দেশবন্ধুর মৃত্যুর খবরে সে সারাদিন না খেয়ে, ঘরের দরজা বন্ধ করে, চুপচাপ চোখের জল ফেলেছিল। বাড়ির সকলের অজস্র অনুরোধেও সে কিছু মুখে তোলেনি। তার শ্বশুরবাড়িতে কেউই বুঝতে পারেনি, তার এই দুঃখবিলাসের আসল কারণ। ১৯৩৩ সালে, মেয়েটি তার স্বামীর সাথে চলে আসে তার স্বামীর কর্মস্থল ঢাকায়। তখন সে চারটি সন্তানের মা। তখন তাকে আর বালিকা বলা যায় না। তখন তার শ্বশুর-শাশুড়ি এবং শ্বশুরবাড়ির আরও বেশ কিছু লোক গত হয়েছেন। ঢাকায় আসার পর, সে স্বামীর কাছে তার হার হারিয়ে যাবার মূল রহস্য উদঘাটন করেছিল এবং দেখিয়েছিল দেশবন্ধুর

দেওয়া সেই মহামূল্যবান চিরকুট। তার ছেলে-মেয়েরাও দেখেছিল সেই চিরকুট।

সমস্ত ঘটনা শুনে তার স্বামীর ঠোঁটে ফুটে উঠেছিল মৃদু হাসি এবং তিনি বলেছিলেন—"বাবা! তলে তলে এত!" ১৯৪৭ সালে ভারতবর্ষের স্বাধীনতা লাভ, দেশ বিভাগ, সাম্প্রতিক দাঙ্গা—ইত্যাদি অনেক ঘটনা ঘটে। দেশ ভাগের কারণে বাংলাদেশ ছেড়ে চলে আসার সময় চিত্তরঞ্জন দাসের সেই বহুমূল্য আশীর্বাদধন্য চিরকুট হারিয়ে গিয়েছিল। ভারতবর্ষে আসার পর, সেই মেয়েটি তখন আরও কয়েকটি সন্তানের মা হয়েছে। স্বামীর সাথে থাকতে শুরু করেছিল কলকাতার পার্ক সার্কাস অঞ্চলে। পরবর্তীকালে তারা বাড়ি করেছিল দক্ষিণ কলকাতার গড়িয়াতে।

সারা জীবন সেই বধূ তার ঠাকুরের সিংহাসনের পাশে দেশবন্ধুর ছবি রাখতেন। দেশবন্ধুকে তিনি ভক্তি করতেন ভগবানের মতই। এবং তার নাতি-নাতনিদের কাছে গল্প করতেন তার সেই প্রথম দেশনেতা দর্শনের। আর টিভিতে যখন ইদানিং কালের কোন দেশনেতার খবর আসতো, তিনি হেসে বলতেন—"এরা কি আর দেশনেতা? দেশনেতা দেখেছিলাম আমি!"

সেদিনের সেই বালিকা বধূ ছিলেন আমার স্বর্গীয় ঠাকুমা শ্রীমতি প্রতিভাময়ী দেবী ভাদুড়ি। আমার দাদু ছিলেন স্বর্গীয় অমূল্য চরণ ভাদুড়ি। আমার বাবারও ওই চিরকুটটি দেখার সৌভাগ্য হয়নি। এটা দেখেছিলেন আমার তিন জ্যাঠা এবং এক পিসি। স্বাধীনতা আন্দোলন কী, দেশপ্রেম কী, দেশের প্রতি ভালোবাসা কী—তা

বোঝার বয়স তখন সেদিনের সেই দশ বছরের বালিকা বধূর হয়নি। শুধুমাত্র একজন দেশনেতার প্রতি শ্রদ্ধার্ঘ্য থেকেই, সে নিঃশব্দে, নিঃস্বার্থভাবে তুলে দিয়েছিল তার গায়ের গয়না।

ইতিহাসে তার এই দানের কথা লেখা নেই—এ কথা সঠিক। কিন্তু তার নাতনি হবার সুবাদে, তার প্রতি শ্রদ্ধা জানিয়ে আমি তার এই অবদান লিখে রেখে যাবার চেষ্টা করলাম।

এবং সেইসঙ্গে শ্রদ্ধার্ঘ্য জানালাম বাংলাদেশের এরকম অসংখ্য নাম না-জানা, ইতিহাসে উপেক্ষিতা মহিলাদের প্রতি—যারা প্রত্যক্ষভাবে আমাদের দেশের স্বাধীনতা আন্দোলনে অংশগ্রহণ না করলেও, তাদের নিঃস্বার্থ আত্মত্যাগ আমাদের দেশের তরুণ বিপ্লবীদের উৎসাহিত করেছিল দেশের স্বাধীনতা আন্দোলনে ঝাঁপিয়ে পড়তে।

G রাজার চিঠি

উনবিংশ শতাব্দীর প্রথমার্ধ। তখনো সারা ভারতবর্ষ জুড়ে ব্রিটিশ শাসনকাল। কলকাতার এক বিখ্যাত জমিদার পূর্ববাংলার একটি গ্রামে এসেছেন তাঁর জমিদারি পরিদর্শন করতে। এই গ্রাম এবং তার আশেপাশের বিস্তৃত অঞ্চল জুড়ে তাঁর পূর্বপুরুষদের জমিদারি ছড়িয়ে রয়েছে।

মানুষটি জমিদার হলেও তাঁর স্বভাবটা কিন্তু মোটেও আর পাঁচটা জমিদারের মতো নয়; বরং তিনি অত্যন্ত দয়ালু এবং বিশাল হৃদয়ের মানুষ। গ্রামের সকল মানুষের কাছে তিনি 'রাজাবাবু', আর সকল কর্মচারীদের কাছে তিনি 'কর্তাবাবা' নামে পরিচিত। পূর্ববাংলার এই গ্রামের একেবারে পাশ দিয়ে বয়ে যাচ্ছে পদ্মা নদী; সেখানেই নোঙর করা রয়েছে তাঁর নিজস্ব বজরা।

গ্রামে নিজের বাড়ি থাকলেও বজরাতেই অবস্থান করছেন তিনি। এই জমিদারমশাই একজন অত্যন্ত বড় মাপের কবি এবং লেখক, যাকে নিয়ে সমগ্র বাংলা অত্যন্ত গর্বিত।

গ্রামের বাড়িতে থাকলে প্রায় প্রতিদিনই অসংখ্য মানুষ তাঁর সঙ্গে দেখা করতে আসে, ফলে তাঁর লেখায় ব্যাঘাত ঘটে। তাই বজরায় থাকলে নিরিবিলিতে তিনি লেখায় নিমগ্ন থাকতে পারেন।

এমন এক রৌদ্রজ্জ্বল সকালে তাঁর বজরায় তিনি ব্যস্ত তাঁর লেখায়। এমন সময় এক ধবধবে সাদা পাখি তাঁর বজরার ঘরটিতে ঢুকে পড়লো। ঘরে ঢুকেই সারা ঘর উড়ে বেড়াতে লাগলো। দেখে

মনে হলো পাখিটি সারা ঘরে যেন লুকোনোর জায়গা খুঁজছে। পাখিটিকে দেখে মনে হচ্ছে সে খুব ভয় পেয়েছে। পাখিটি ভারী সুন্দর — ধবধবে সাদা রং, লাল ঠোঁট, কালো কাচের মার্বেলের মতো চোখ। পাখিটিকে দেখে তিনি ঠিক চিনতে পারলেন না, তবে সে নিয়ে তিনি মাথাও ঘামালেন না। এই শস্য-শ্যামলা বাংলার বুকে কত রকমের পাখি তো আছে! কিন্তু পাখিটি ভয় পেয়ে আছে কেন?

এমন সময় পাখিটির পেছন পেছন বজরার ঘরের দরজায় এসে দাঁড়ালো একটি ৬–৭ বছরের ফর্সা, সুশ্রী বালক, তার হাতে গুলতি। পাখিটির দিকে চোখ পড়তেই ছেলেটি বলে উঠল, — "অরে! এই তো সেই পাখিটা!" জমিদারমশাই ছেলেটির দিকে এগিয়ে গেলেন, হেসে জিজ্ঞেস করলেন, — "তুমি কি পাখিটাকে ধরতে চাও?" ছেলেটি একটু ভয়মেশানো গলায় বলল, — "হ্যাঁ।"

জমিদারমশাই বললেন, — "কিন্তু পাখিকে তো ধরতে নেই। ধরলে ওদের কষ্ট হয়।" ছেলেটি বলল, — "কিন্তু আমি যে ওর জন্য খাঁচা বানিয়ে রেখেছি!" জমিদারমশাই হেসে বললেন, — "তাই? তাহলে এক কাজ কর — খাঁচার ভেতরে পাখিটাকে কল্পনা করে নাও। তোমার কল্পনার সেই পাখি দেখবে কী সুন্দর গান গাইবে! কিন্তু আসল পাখিগুলোকে উড়তে দাও নীল আকাশের বুকে — কেমন?"

ছেলেটা একটু থতমত খেয়ে গেল, তার সামনের মানুষটি কী বলছে সে ঠিক বুঝলো না। জমিদারমশাই এগিয়ে গেলেন ছেলেটির

দিকে, তার হাত ধরে বললেন, — "বাইরে দাঁড়িয়ে আছো কেন? এসো, ভেতরে এসো।"

ছেলেটিকে তিনি নিয়ে এলেন ঘরের ভেতরে। ছেলেটি যেন তখনও একটু ভয়ে আড়ষ্ট হয়ে রয়েছে। ছেলেটিকে দেখে তিনি বললেন, — "তোমার নাম কী?" ছেলেটি মৃদুস্বরে উত্তর দিল, — "অমল।" জমিদারমশাই হেসে বললেন, — "বাহ! ভারী সুন্দর নাম।" জমিদারমশাই-এর সঙ্গে অমল নানা কথাবার্তা বলতে লাগল। দুজনে ভারী ভাব হয়ে গেল। পরিচারককে ডেকে তিনি ছেলেটির জন্য জলখাবার দিতে বললেন।

এমন সময় বজরার বাইরে একজন মানুষের কণ্ঠস্বর শোনা গেল, — "কর্তাবাবা আছেন নাকি?" জমিদারমশাই বললেন, — "বসো অমল, আমি দেখে আসি কে এলো।"

বাইরে বেরিয়ে তিনি দেখলেন, তাঁর নায়েবের ভাই দাঁড়িয়ে রয়েছে। জমিদারমশাই তাকে বললেন, — "কী খবর, হারান?" হারান উত্তর দিল, — "আজ্ঞে, খবর পেলাম আমার ছেলেটি নাকি আপনার বজরায় এসেছে? বড় দুরন্ত ছেলে — আপনাকে কী বিরক্ত করছে?" জমিদারমশাই বললেন, — "ওমা! অমল তোমার ছেলে? বিরক্ত করবে কেন? ভারী সুশ্রী ছেলে।"

বাইরে বাবার গলার স্বর শুনে বেরিয়ে এলো অমল। জমিদারমশাই তাকে বললেন, — "যাও অমল, বাবার সঙ্গে যাও। কালকে কিন্তু আবার এসো।"

যাবার সময় অমল জিজ্ঞাসা করল, — "আপনি তো আপনার নামটা বললেন না?" জমিদারমশাই মৃদু হেসে তাঁর নাম বললেন। তার নাম শুনে অমল অবাক বিস্ময়ে চেয়ে রইল তাঁর দিকে। জমিদারমশাই-এর লেখার তো সে খুব বড় ভক্ত।

কদিন ধরে গ্রামের লোকের মুখে সে শুনেছিল রাজাবাবু আসবেন — তবে ইনি সেই রাজাবাবু! কদিন ধরেই সে তার বাড়ির লোককে দেখেছিল রাজাবাবুর আসবার আয়োজনে ব্যস্ত থাকতে।

অমল চলে গেল বাবার সঙ্গে, কিন্তু পরের দিন সকালবেলায় সে আবার এলো। আজ আর সে একা নয়। সঙ্গে তারই বয়সী একটি ফুটফুটে মেয়ে।

তার পরনে সাদা শাড়ি, আর সেই শাড়ির আঁচল ভর্তি শেফালি ফুল। তারা দুজনে মিলে এসে সেই শেফালি ফুল নামিয়ে রাখল জমিদারমশাই-এর লেখার টেবিলের উপরে।

জমিদারমশাই মেয়েটিকে জিজ্ঞেস করলেন, — "তুমি কে?" মেয়েটি বলল, — "আমি সুধা, অমলের বন্ধু।" জমিদার মশাই বললেন, — "ফুল এনেছো কেন?" অমল উত্তর দিল, — "রাজার কাছে আসতে হলে তো কিছু উপহার আনতে হয়, তাই আমরা এই উপহার আপনার জন্য এনেছি।" জমিদার মশাই হেসে উঠলেন হো হো করে।

তারপরে অমল অভিমানী স্বরে বলল, — "আপনি যে এত এত বই লিখেছেন, আমায় কেন কালকে বললেন না? তাহলে আমি আপনার কাছে এসে বইগুলো পড়তাম।"

জমিদার মশাই বললেন, — "ঠিক আছে, আমি তোমাদের অনেক বই দিয়ে যাব। তোমরা বড় হয়ে সেগুলো পড়বে। আর আমি শুধু তোমাদের দুজনের জন্য একটা বই লিখব।" অমল ও সুধা দুজনেই অত্যন্ত উৎসাহিত হয়ে উঠল এই কথা শুনে।

দুজনে জিজ্ঞেস করল, — "কবে বই লেখা শেষ হবে?" রাজামশাই বললেন, — "যবে বই লেখা শেষ হবে, আমি তোমাদের চিঠি দেব।" অমল ও সুধা দুজনেই অত্যন্ত আনন্দিত হয়ে উঠল — রাজাবাবু তাঁদের চিঠি দেবেন বলেছেন বলে।

নানা কথাবার্তার পর মিষ্টিমুখ করে তারা দুজনেই চলে গেল। জমিদার মশাই যতদিন গ্রামে ছিলেন, প্রায় প্রতিদিনই অমল আর সুধা আসত তাঁর কাছে। দুটি নিষ্পাপ, সরল শিশুর কলতানে মুখরিত হয়ে উঠত জমিদার মশাইয়ের বজরা।

পূর্ববাংলা থেকে আসার সময় তিনি অমলকে তাঁর নিজের লেখা কয়েকটি বই উপহার দিয়ে এসেছিলেন। এরপর জমিদার মশাই কলকাতা ফিরে এলেন পূর্ববাংলা থেকে। কলকাতায় ফিরে নানা কাজের চাপে অমল ও সুধার কাছে দেওয়া তাঁর প্রতিশ্রুতি — এবং চিঠি — দুটোর কথাই তিনি একদম ভুলে গেলেন। এই ঘটনার পর প্রায় কেটে গেছে তিন বছর। জমিদার মশাইকে আবার তাঁর

জমিদারি পরিদর্শনের জন্য যেতে হল পূর্ববাংলার সেই গ্রামে। কিন্তু তখনও তাঁর অমল আর সুধার কথা একেবারেই মনে পড়েনি। একদিন সকালে হঠাৎ বজরার ঘরে তিনি ঠিক সেই রকম একটা সাদা পাখিকে দেখতে পেলেন।

সঙ্গে সঙ্গে তাঁর মনে পড়ল অমল আর সুধার কথা। সঙ্গে সঙ্গে তিনি কর্মচারীদের কাছে নায়েবের ভাইয়ের ছেলের খোঁজ করলেন।

কিন্তু শুনতে পেলেন — অমল খুবই অসুস্থ, বলা যায় প্রায় মৃত্যুশয্যায়। ডাক্তার বলেছে, বেশিদিন সে আর বাঁচবে না।

শুনে ভারাক্রান্ত হয়ে উঠল জমিদার মশাইয়ের হৃদয়। সঙ্গে সঙ্গে বজরা থেকে নেমে তিনি হেঁটে চললেন অমলের বাড়ির দিকে। রাস্তায় তাঁর দেখা হল সুধার সাথে। আজ আর তার পরনে নেই ধবধবে সাদা শাড়ি, হাতেও নেই শেফালি ফুল। মলিন বস্ত্র পরে গাছের তলায় বসে চুপচাপ কাঁদছে সে। জমিদার মশাই কাছে যেতেই সে অবাক বিস্ময়ে বলে উঠল, — "রাজাবাবু! আপনি এসেছেন?" জমিদার মশাই তাকে জিজ্ঞেস করলেন অমলের কথা।

সুধা কান্নাভেজা গলায় বলল, — "অমলের খুব শরীর খারাপ। সে হয়তো বেশিদিন আর বাঁচবে না।" জমিদার মশাই আবার এগিয়ে গেলেন অমলের বাড়ির দিকে। অমলের ঘরে ঢুকে দেখলেন — একটা পুরনো খাটের মধ্যে শুয়ে আছে অমল, অত্যন্ত শীর্ণ হয়ে গেছে। জমিদার মশাইকে দেখে তার চোখ দুটো উজ্জ্বল হয়ে উঠল।

দুর্বলকণ্ঠে বলল, — "রাজাবাবু, আপনি এসেছেন? আমার চিঠি কই?" জমিদার মশাই বললেন, — "আজ রাজা স্বয়ং তোমার জন্য চিঠি নিয়ে এসেছেন।" একটু থেমে অমল আবার বলল, — "আর আমার বই?" রাজাবাবু বললেন, — "সেই বই তো এক্ষুনি লেখা হবে। তুমি চিন্তা করো না।" অমলের মাথায় একবার হাত রেখেই তিনি দ্রুত ঘরের বাইরে বেরিয়ে এলেন। চোখের জলে চারদিক ঝাপসা হয়ে যাচ্ছে তাঁর। তবু তিনি দ্রুত চলতে লাগলেন বজরার দিকে — যেভাবেই হোক, তিনি অমলের বই আজকেই লেখা শুরু করবেন।

তারপরেই তিনি অমল আর সুধার জন্য লিখেছিলেন সেই বিখ্যাত বই। অমল তার সেই বই দেখে যেতে পারেনি, কিন্তু সুধা দেখেছিল। অমলের মৃত্যুর পর সুধাকে সঙ্গে নিয়ে, তার সমাধিতে দাঁড়িয়ে সেই বই জমিদার মশাই স্বয়ং উৎসর্গ করেছিলেন তাকে। সেই জমিদার মশাই আর কেউ নন — বিশ্বকবি রবীন্দ্রনাথ ঠাকুর। সেই গ্রামের নাম হচ্ছে শিলাইদহ, আর অমলের জন্য লেখা তাঁর বিখ্যাত বইটির নাম — 'ডাকঘর'।

বিশ্বকবি স্বয়ং রাজা হয়ে চিঠি নিয়ে এসেছিলেন অমলের কাছে। সেই চিঠি, অমলের কাছে পৌঁছেছিল কিনা জানা নেই — কিন্তু পৌঁছে গিয়েছিল বাংলার অমলের বয়সী হাজার হাজার ছেলে-মেয়ের কাছে।

অমল হয়তো চলে গেছে, কিন্তু রাজামশাই-এর চিঠি আজও অমলকে বাঁচিয়ে রেখেছে বাংলার প্রত্যেকটি মানুষের মনে।

H শক্তিরূপেণ সংস্থিতা

কাল ভারতের ৭৫তম স্বাধীনতা দিবস। এই পুণ্য লগ্নে আমরা সকলেই স্মরণ করছি সেই সব মহান শহীদদের, যারা একদিন নিজের প্রাণের মায়া তুচ্ছ করে ঝাঁপিয়ে পড়েছিল ভারতমাতার শৃঙ্খল মোচনের জন্য। আজ কলম তুলে নিলাম স্বাধীনতা সংগ্রামের গোড়ার একজন নারী শহীদের কাহিনি লেখার জন্য, যার গল্প কেউ হয়তো জানেন বা কেউ হয়তো জানেন না—কিন্তু পৃথিবী তাকে আখ্যা দিয়েছে প্রথম 'মানববোমা' হিসেবে। নিজের আত্মবলিদানের মাধ্যমে প্রমাণ রেখে গিয়েছেন যে নারী সত্যিই শক্তিরূপিণী।

ভারতবর্ষের দক্ষিণতম প্রান্তে একটি রাজ্য—তামিলনাড়ু। এই রাজ্যের মাদ্রাজ প্রেসিডেন্সির অন্তর্গত একটি অঞ্চল সিভাগঙ্গাই। এই রাজ্যের অধীশ্বর ছিলেন রাজা মুথু পেরিয়ার এবং তাঁর রানি ভেলু নাচিয়ার। তখন ভারতে ইস্ট ইন্ডিয়া কোম্পানির শাসনকাল। একের পর এক ভারতবর্ষের বিভিন্ন রাজ্য অন্যায়ভাবে তারা হস্তগত করছে। ১৭৮০ সালে ইস্ট ইন্ডিয়া কোম্পানি অন্যায় যুদ্ধে হত্যা করে সিভাগঙ্গাই রাজ্যের রাজা মুথু পেরিয়ারকে। তাঁর মৃত্যুর পর তাঁর রাজ্য এবং সমস্ত ধনসম্পদ দখল করে ইস্ট ইন্ডিয়া কোম্পানি।

বিধবা রানি ভেলু, তাঁর শিশুকন্যা ভেল্লিচি, মন্ত্রী গোপাল নায়কর এবং কয়েকজন সঙ্গীকে সঙ্গে নিয়ে আত্মগোপন করেন সিভাগঙ্গাই রাজ্যের শেষপ্রান্তে জঙ্গলের মধ্যে ভীরুপ্রকাশি নামক একটি ছোট্ট নগরীতে। রানি ভেলু ছিলেন ব্রিটিশদের বিরুদ্ধে সংগ্রামে অবতীর্ণ হওয়া প্রথম ভারতীয় রানি। এখানে তিনি সাত বছর ধরে ধীরে ধীরে

গড়ে তোলেন একটি সৈন্যদল এবং একটি গুপ্তচর বাহিনী। রানি ভেলুর সৈন্যদল এবং গুপ্তচর বাহিনীতে একটি বিশেষ অংশ ছিল নারী বাহিনী। তারা সাধারণ পোশাক পরে মিশে যেতে পারত বিভিন্ন মানুষের মধ্যে এবং সংগ্রহ করে আনত নানা গুরুত্বপূর্ণ সংবাদ। এই নারীবাহিনী বিশেষ রণকৌশল ও অস্ত্র শিক্ষায় প্রশিক্ষিত ছিল।

এই নারী বাহিনীর প্রধান সেনাপতি ছিলেন কুইলি, যাঁকে নিয়ে আমার আজকের এই কাহিনি।

কুইলির জন্ম বর্তমান তামিলনাড়ুর একটি ছোট্ট গ্রামে। খুব শৈশবেই মাকে হারায় সে। তার পরে সে তার পিতার সঙ্গে চলে আসে সিভাগঙ্গাই রাজ্যে। ইস্ট ইন্ডিয়া কোম্পানির হাতে সিভাগঙ্গাই রাজ্যের পতনের পর তার বাবা তাকে নিয়ে চলে আসেন ভীরুপ্রকাশিতে। তিনি সামান্য কাজ করতেন রানির প্রাসাদে।

ছোট থেকেই কুইলি ছিল অত্যন্ত সাহসী এবং দৃঢ় মানসিকতার মেয়ে। বড় হবার পর সে যোগ দেয় রানি ভেলু নাচিয়ারের সৈন্যবাহিনীতে। চোখে তার ছিল সিভাগঙ্গাইকে পুনরুদ্ধার করার স্বপ্ন। রানি ভেলু সেই সময় একটু একটু করে গড়ে তুলছেন তাঁর সৈন্য বাহিনী। তাঁকে এই ব্যাপারে সবরকমভাবে সাহায্য করছেন মহীশূরের নবাব হায়দার আলী। অর্থ, অস্ত্র ও রসদ—এমনকি হায়দার আলী একদল প্রশিক্ষিত সৈন্য পাঠিয়েছেন রানির সৈন্যদল ও গুপ্তচর বাহিনীকে প্রশিক্ষণ দেওয়ার জন্য।

নিজের ক্ষমতা এবং সাহসিকতার জন্য অতি অল্প দিনের মধ্যেই কুইলি এই সৈন্যদলের নারী বাহিনীর সেনাপতি এবং রানির প্রধান দেহরক্ষী রূপে নিযুক্ত হয়েছে। ইতিমধ্যে ১৭৮২ সালে মৃত্যু হয়েছে হায়দার আলীর, কিন্তু তাঁর পুত্র টিপু সুলতানও রানি ভেলুকে সবরকম সাহায্য করতে প্রতিশ্রুতি দিয়েছেন। প্রয়োজনে সিভাগঙ্গাই রাজ্য উদ্ধারের জন্য তিনি সৈন্য এবং অস্ত্র সাহায্যের প্রতিজ্ঞা করেছেন।

সিভাগঙ্গাই রাজ্য দখল করার প্রধান বাধা হলো সিভাগঙ্গাই দুর্গের ভিতরে অবস্থিত বারুদঘর—হাজার হাজার টন বারুদ মজুত আছে সেখানে। ব্রিটিশ ইস্ট ইন্ডিয়া কোম্পানির প্রধান শক্তি এই বারুদঘর। টিপু সুলতানের কাছে কয়েকটি কামান থাকলেও তা সংখ্যায় অতি নগণ্য এবং মহীশূর থেকে ভীরুপ্রকাশিতে সেই কামান বয়ে আনা সম্ভব নয়। শুধু তলোয়ার আর তীর-ধনুক নিয়ে ইংরেজদের বিরুদ্ধে কোনোভাবেই লড়াই করা যাবে না। এমনকি যদি সিভাগঙ্গাই রাজ্য দখল করাও যায়, তাও নিজেদের কব্জায় রাখা যাবে না—কারণ এই বারুদঘর থেকে ক্রমাগত গোলাবর্ষণ করতে থাকবে বিদেশি গোলন্দাজরা।

তাই ইংরেজদের বিরুদ্ধে জয়লাভ করতে হলে প্রথমেই ধ্বংস করতে হবে এই বারুদঘর সমেত সিভাগঙ্গাই দুর্গকে। বারুদ ছাড়া বন্দুক বা কামান নিছক খেলনা ছাড়া আর কিছুই নয়।

কুইলি তার নারী গুপ্তচর বাহিনীর সাহায্যে সংবাদ সংগ্রহ করল—সাধারণত কোনও বাইরের মানুষকেই সিভাগঙ্গাই দুর্গের

ভেতরে ঢুকতে দেওয়া হয় না। সেখানে বাস করেন ইস্ট ইন্ডিয়া কোম্পানির প্রধান সেনানায়ক ক্যাপ্টেন মরিস এবং তার বিশ্বস্ত ফিরিঙ্গি সৈন্যরা। কুইলি গোপনে পরামর্শ শুরু করল রানি ভেলু ও তার মন্ত্রী গোপাল নায়কারের সাথে।

পরিকল্পনা হলো—কুইলি তার সৈন্যবাহিনী নিয়ে সম্পূর্ণ নিরস্ত্র অবস্থায় ছদ্মবেশে ঢুকবে সিভাগঙ্গাই রাজ্যে। অস্ত্র সমেত ঢুকতে গেলে ধরা পড়ে যাবার সমূহ সম্ভাবনা। আরও একটি গুরুত্বপূর্ণ সংবাদ সংগ্রহ করেছিল কুইলি—একমাত্র বিজয়া দশমীর দিন সিভাগঙ্গাই দুর্গ খুলে দেওয়া হয় সাধারণ মানুষের জন্য। কারণ, সিভাগঙ্গাই দুর্গের পাশেই রয়েছে রাজেশ্বরী আম্মানের মন্দির। দশেরার দিন শুধু সিভাগঙ্গাই নয়, আশেপাশের সমস্ত রাজ্যের হিন্দু ভক্তদের ঢল নামে এই মন্দিরে পুজো দেওয়ার জন্য।

কুইলি ঠিক করল—সেই দিনই তাকে ঢুকতে হবে সেই সিভাগঙ্গাই রাজ্যে। কিন্তু কী করে সে দখল করবে বারুদঘর—সে প্রসঙ্গে কোনও পরিকল্পনা সে খুলে বলল না রানি ভেলু এবং গোপাল নায়কারকে। শুধু বলল, তোপের আওয়াজ শুনলেই রানি যেন তার সমস্ত সৈন্যবাহিনী নিয়ে আক্রমণ করেন সিভাগঙ্গাই রাজ্যে। রানি রাজি হলেন এবং তিনি গোপনে সাহায্য চেয়ে পাঠালেন টিপু সুলতানের কাছে। টিপু সুলতান দেড় লাখ সৈন্য নিয়ে সাহায্য করতে রাজি হলেন।

বিজয়া দশমীর আগের দিন কয়েকজন মহিলা সৈন্য নিয়ে নর্তকীর বেশে কুইলি প্রবেশ করল সিভাগঙ্গাই রাজ্যে। বিজয়া দশমী

উপলক্ষে এই কয়েকটা দিন রাজ্যের নিরাপত্তাব্যবস্থা একটু ঢিলেঢালা থাকে। ফিরিঙ্গি সৈন্যরা মেতে ওঠে সুরাপান এবং আমোদ-প্রমোদে। এই সময় অসংখ্য ভক্ত, নর্তকী, ফুলওয়ালি, বেদেনী, ভিখারি—সবাই প্রবেশ করে সিভাগঙ্গাই নগরীতে। আজ কুইলির অন্যান্য সাথিরা সবাই প্রবেশ করেছে এই রকম নানারকম ছদ্মবেশে এবং তারা জায়গা করে নিয়েছে ভক্তদের জন্য তৈরি অস্থায়ী বাসস্থানে।

বিজয়া দশমীর আগের দিন রাতে কুইলি গুপ্ত স্থান থেকে বার করল একজোড়া পাথরের কানের দুল। এই পাথরের দুল তাকে উপহার দিয়েছিল তিরুমল। হাজার হোক, কুইলি একজন নারী—একদিন তার মনেও লেগেছিল বসন্তের বাতাস, ফুটেছিল প্রেমের ফুল।

যখন সে রানি ভেলুর সৈন্যদলের শিক্ষানবিস হিসেবে শিক্ষা গ্রহণ করছিল, সেই সময় হায়দার আলীর প্রশিক্ষণ দলের একজন সৈন্য ছিলেন তিরুমল। দুজনেই মনপ্রাণ দিয়ে ভালোবেসেছিল একে-অপরকে। প্রশিক্ষণ শেষ হবার পর মহীশূরে ফিরে যাবার আগের দিন রাতে তিরুমল কুইলিকে উপহার দিয়েছিল এই রুপোর দুলজোড়া। দুলের মাঝখানে বসানো মস্ত বড় বড় একজোড়া পাথর।

আগেও অনেক পাথর দেখেছে কুইলি, কিন্তু এই পাথর দুটি হীরে-মুক্তো-জহরত বা কোনও মূল্যবান পাথর নয়। তিরুমলকে জিজ্ঞেস করাতে সে মৃদু হেসে বলেছিল—একদিন এই দুলটা কুইলির কাজে লাগবে। তিরুমল বলেছিল, হায়দার আলীর অনুমতি

নিয়ে পুনরায় ফিরে আসবে ভীরুপ্রকাশিতে এবং ঘর বাঁধবে কুইলির সাথে।

তিরুমল আর ফিরে আসেনি। কুইলি খবর নিয়ে জেনেছে—হায়দার আলীর সঙ্গে ব্রিটিশ ইস্ট ইন্ডিয়া কোম্পানির যে যুদ্ধ হয়, তাতেই তিরুমল শহীদ হয়েছে। তিরুমলের শরীর নাকি গোলার আঘাতে ছিন্নভিন্ন হয়ে গেছে।

তাই আজ শুধু সিভাগঙ্গাই রাজ্যকে পুনরুদ্ধারই নয়, তিরুমলের হত্যার প্রতিশোধ নিতে হবে কুইলিকে।

দুলজোড়া পুনরায় লুকিয়ে রেখে সে ডেকে পাঠাল তার প্রধান অনুচর শুভলক্ষীকে। বলল, "কাল সকালে বিজয় দশমীর দিন আমরা সকলে মন্দিরে প্রবেশ করব। তোরা ছড়িয়ে পড়বি মন্দিরের বিভিন্ন অংশে। আমি একা প্রবেশ করব সিভাগঙ্গাই দুর্গে। দুর্গ ধ্বংসের খবর পাওয়ার সঙ্গে সঙ্গে ঘোড়া ছুটিয়ে চলে যাবি ভীরুপ্রকাশিতে। রানীকে গিয়ে জানাবি বারুদঘর ধ্বংস হওয়ার খবর।"

শুনে চমকে উঠল শুভলক্ষী। বারুদঘরে একা, নিরস্ত্র অবস্থায় প্রবেশ করার অর্থ নিশ্চিত মৃত্যু! কুইলি হেসে বলল—মৃত্যুকে সে ভয় পায় না, কিন্তু মরার আগে ব্রিটিশ ফিরিঙ্গিদের শেষ করে তবেই সে মরবে।

বিজয় দশমীর দিন কুইলি নিজেকে সাজাল নর্তকীর বেশে, কানে পরল তিরুমলের দেওয়া সেই পাথরের দুল। ধীরে ধীরে সে

এগিয়ে চলল রাজরাজেশ্বরী আম্মান মন্দিরের দিকে। অসংখ্য ভক্ত সেদিন দেবীর কাছে নিজের মনস্কামনা জানাচ্ছে। গর্ভগৃহের সামনে এসে দাঁড়াল কুইলি।

আজ সোনার অলংকারে ভূষিতা, অস্ত্র সাজে সজ্জিতা, দুর্গারূপী মা রাজরাজেশ্বরী আম্মান। কুইলি হাতজোড় করে বলল, "হে মা, আজ বিজয় দশমী—যেদিন ধ্বংস করেছিলে মহিষাসুরকে। আজ আমিও যেন ধ্বংস করতে পারি ফিরিঙ্গি-রূপী এই অসুরদের। আমি আজ কোনও অর্ঘ্য আনিনি—নিজেকেই অর্ঘ্যরূপে উৎসর্গ করছি তোমার পায়ে।"

মন্দিরে জ্বলছিল অসংখ্য ঘিয়ের প্রদীপ। সেই সমস্ত প্রদীপগুলো থেকে একটু একটু করে ঘি নিয়ে নিজের শরীরে মাখিয়ে নিল কুইলি। সমস্ত শরীর ঘিতে আচ্ছাদিত করে সে ধীরে ধীরে এগিয়ে গেল সিভাগঙ্গাই দুর্গের বারুদঘরের দিকে।

চারিদিকে উৎসবের আমেজ, ফিরিঙ্গিরা সকলেই আমোদ-প্রমোদ এবং সুরাপানে মত্ত। কুইলি নিজেকে নর্তকী হিসেবে পরিচয় দিয়ে বলল, সে নাচ দেখাতে চায়।

সেদিন বারুদঘরের দায়িত্বে রয়েছেন সেনাধ্যক্ষ উইলিয়ামস। তিনি অল্পবিস্তর নেশা করেছেন। কুইলিকে দেখে তাঁর মনে কামনার আগুন জ্বলে উঠল। সে বলল, "নিশ্চয়ই, তবে আমাকে একা নাচ দেখাতে হবে।"

মৃদু হেসে কুইলি বলল, "নিশ্চয়ই।" উইলিয়াম তাকে নিয়ে গেলেন বারুদঘরের দিকে। বিশাল ঘরে সারি দিয়ে রাখা রয়েছে কাঠের পিপে, এবং প্রত্যেকটি পিপেতে বারুদ ভর্তি।

নাচ শুরু করার আগে কুইলি কান থেকে দুলদুটি খুলে নেওয়ার অনুমতি চাইল উইলিয়ামসের কাছে। উইলিয়াম অনুমতি দিলেন।

কুইলির কানের পাথর দুটো আসলে ছিল চকমকি পাথর, যা সে পরে জানতে পেরেছিল। চকমকি পাথর দুটি পরস্পরের ঘষা লাগতেই ফুলকি দিয়ে বেরোল আগুন। সেই আগুন দিয়ে নিজের সমস্ত শরীরে আগুন ধরিয়ে দিল কুইলি। দাউদাউ করে জ্বলে উঠল তার ঘিতে মাখানো শরীর। সেই অবস্থাতেই কুইলি ঝাঁপ দিল বারুদের পাত্রে।

প্রচণ্ড শব্দে বিস্ফোরিত হল বারুদ ভর্তি পিপে। বিস্ফোরণের প্রাবল্য এতটাই বেশি ছিল যে উড়ে গেল বারুদঘর এবং তার লাগোয়া সৈন্য ব্যারাক। নিশ্চিহ্ন হয়ে গেলেন সমস্ত ফিরিঙ্গি সেনা, সেনাধ্যক্ষ উইলিয়ামস এবং ক্যাপ্টেন মরিস।

জায়গায় জায়গায় ধসে পড়ল দুর্গ। বিস্ফোরণের শব্দে কুইলির সঙ্গীরা বুঝতে পারল—কুইলি ধ্বংস করেছে বারুদঘর সমেত সিভাগঙ্গাই দুর্গ।

তৎক্ষণাৎ তারা ঘোড়া ছুটিয়ে রওনা দিল ভীরুপ্রকাশির দিকে। খবর পেয়ে রানি ভেলু এবং টিপু সুলতানের সৈন্যবাহিনী আক্রমণ

করল সিভাগঙ্গাই এবং ইস্ট ইন্ডিয়া কোম্পানির হাত থেকে ছিনিয়ে নিল সিভাগঙ্গাই রাজ্য।

কুইলির আত্মত্যাগের মধ্য দিয়ে রানি ভেলু ফিরে পেলেন সিভাগঙ্গাই রাজ্য। যদিও তিনি বেশিদিন রাজ্য ধরে রাখতে পারেননি। ইস্ট ইন্ডিয়া কোম্পানি পুনরায় যুদ্ধ ঘোষণার মাধ্যমে তিন বছর পরে, ১৭৯৬ সালে আবার দখল করে সিভাগঙ্গাই। এই যুদ্ধে শহীদ হন রানি ভেলু নাচিয়ার।

কিন্তু কুইলির এই আত্মত্যাগ আজও অমর হয়ে আছে ইতিহাসের পাতায়। দক্ষিণ ভারতে সে আজও দেবীরূপে পূজিত হয়। ইতিহাসে তাকে আখ্যা দেওয়া হয়েছে পৃথিবীর ‘প্রথম মানববোমা’ হিসেবে। কিন্তু প্রকৃতপক্ষে সে ছিল সেই 'শক্তিরূপিণী' মা দুর্গা—যিনি নিজের আত্মদানের মাধ্যমে হত্যা করেছিলেন ফিরিঙ্গি-রূপী অসুরদের, এবং ভারতের স্বাধীনতা সংগ্রামে অমর শহীদ হিসেবে জায়গা করে নিয়েছিলেন।

J লক্ষী পূজোর একাল সেকাল

আজ কোজাগরী লক্ষীপূজা। তাই আজ সকলকে লক্ষী পূজার শুভেচ্ছা জানিয়ে কিছু লেখার চেষ্টা করলাম। মাঝখানে অনেকদিন সংসারের হাজারো ঝামেলায় লেখা প্রায় ভুলতেই বসে ছিলাম। আজ কোনো গল্প নয়, লক্ষীপূজাকে কেন্দ্র করে আমার মনের মনিকোঠায় যে স্মৃতির ফুলগুলি জমা হয়ে রয়েছে সেগুলো নিয়ে সুন্দর একটি মালা গাঁথার চেষ্টা করলাম।

বাঙালির "বারো মাসে তেরো পার্বণ", এই সমস্ত পার্বণ গুলোকে কেন্দ্র করে প্রত্যেক বাঙালির মনেই যে অসংখ্য স্মৃতি জমা হয়ে থাকে, তা আর বলবার অপেক্ষা রাখে না। দুর্গাপুজো, লক্ষীপুজো ও সরস্বতী পুজো—প্রধানত এই তিনটি পুজোকে কেন্দ্র করে আমার মনে প্রচুর স্মৃতি জমা আছে।

আমার ছোটবেলাটা কেটেছে রেলের শহর চিত্তরঞ্জনে। বাবা সেখানে রেলে চাকরি করতেন, তাই দুর্গাপূজা কাটত চিত্তরঞ্জনের রেলওয়ে কোয়ার্টার্সে। দুর্গাপূজা মানেই ছিল রেলওয়ে কলোনির পাড়ার পুজো—সকাল থেকে বন্ধুদের সাথে ঘুরে বেড়ানো, রাত্রিবেলায় বাবা-মায়ের সঙ্গে ঠাকুর দেখা, দুর্গাপুজোর কালচারাল প্রোগ্রামে অংশগ্রহণ করা।

সরস্বতী পুজোটা ছিল আবার একেবারেই অন্যরকম, সেটা কাটত স্কুলের বন্ধু-বান্ধব এবং শিক্ষিকাদের সাথে।

একমাত্র লক্ষীপুজোটাই আমি কাটাতাম সম্পূর্ণরূপে নিজের পরিবারের সাথে। পরিবার বলতে বাবা-মা, দিদি—এই অনুপরিবার নয়, আমাদের সম্পূর্ণ যৌথ পরিবার।

আমার বাবারা ছিলেন পূর্ববঙ্গীয়, অর্থাৎ বাঙাল। তাঁদের আদি বাড়ি ছিল অধুনা বাংলাদেশের ময়মনসিংহ জেলায়। এই কোজাগরী লক্ষীপূজা বাঙালদের মধ্যেই তখন বেশি প্রচলিত ছিল। বর্তমানে অবশ্য অনেক এদেশীয় বাড়িতেই কোজাগরী লক্ষীর আরাধনা করা হয়। কিন্তু আমি যে সময়ের কথা বলছি, সে সময় এদেশীয়দের মধ্যে কোজাগরী লক্ষীপুজোর খুব একটা প্রচলন ছিল না।

আমার মামার বাড়িও ছিল এদেশীয়, তাই আমার মামার বাড়িতেও কোনোদিন কোজাগরী লক্ষীপূজা হতে দেখিনি। আমাদের দেশের বাড়ি ছিল বর্তমান দক্ষিণ কলকাতার গড়িয়ার রথতলায়, তবে আজকের গড়িয়ার সাথে সেই গড়িয়ার ছিল আকাশ-পাতাল তফাৎ।

আমি যে সময়ের কথা বলছি, সেই সময়টা হল আশির দশকের মাঝামাঝি থেকে নব্বই দশকের মাঝামাঝি পর্যন্ত। তখন দক্ষিণ কলকাতার এই অঞ্চলগুলিতে রীতিমতো একটা পাড়া কালচার এবং মফস্বলের পরিবেশ বিদ্যমান ছিল। আজকের কসবা কানেক্টর, সায়েন্স সিটি, রুবি জেনারেল হসপিটাল—এইসব জায়গায় ছিল হোগলা বন, এবং দিনের বেলাতেও সেখানে শিয়াল দেখা যেত।

আমার ঠাকুমা বাড়ির এরিয়াতেও বেশ একটা মফস্বলি পরিবেশ বিদ্যমান ছিল। আমার ঠাকুমার বাড়িটি ছিল প্রায় আট কাঠা জমির উপরে। বাড়িটি সেরকম বড় ছিল না—তিনটে ঘর, রান্নাঘর এবং একটি টানা বারান্দা ছিল বাড়িতে। সিঁড়ি দিয়ে নেমে উঠোনের এক পাশে ছিল বাথরুম এবং কলতলা। কিন্তু বাড়ির সামনের বিশাল উঠোনটি ছিল দেখবার মত।

সেখানে আম, জাম, কাঁঠাল, সুপারি, নারকেল—হরেক গাছ ছিল। সেই বিশাল উঠোন ছিল আমাদের তুতো ভাইবোনের ক্রীড়াঙ্গন। কালের নিয়মে যদিও সেখানে বর্তমানে ফ্ল্যাট বাড়ি উঠে গেছে, যাই হোক, ফিরে আসি লক্ষীপূজোর কথায়।

আগেই বলেছি, লক্ষীপূজা ছিল এমন একটা পুজো, যেটা আমরা কখনোই চিত্তরঞ্জনে কাটাতাম না। সেটা আমাদের কাটত কলকাতায় পরিবারের অন্যান্য সদস্যদের সাথে। ঠাকুমার বাড়িতে ছিলেন আমার দাদু (যিনি অবশ্য আমার জন্মের আগেই প্রয়াত হয়েছেন), ঠাকুমা, আমার বড় জেঠু, জেঠিমা, জেঠতুতো দাদা-দিদিরা।

আমার চার পিসির বিয়ে হয়েছিল কলকাতার নারকেলডাঙ্গা, দমদম, বৈষ্ণবঘাটা ইত্যাদি জায়গায়। এছাড়াও আমার বাবার মামাতো, পিসতুতো ভাইবোনেরা ছড়িয়ে ছিলেন কলকাতার বিভিন্ন অংশে। সবাই আমার ঠাকুমার বাড়ির লক্ষীপূজায় শরিক হতেন।

শুধু আমার মাঝখানের দুই জেঠু—অর্থাৎ মেজ জেঠু এবং সেজ জেঠু, ইনারা দু'জনে বোম্বে প্রবাসী হওয়ার জন্য খুব একটা

পুজোয় আসতেন না। সেজ জেঠুকে বাড়ির লক্ষ্মীপূজায় দু-একবার দেখে থাকলেও, মেজ জেঠুকে কোনোদিনই আসতে দেখিনি।

সব আত্মীয়-স্বজনকে একসাথে নিয়ে আমার ঠাকুমার বাড়ির লক্ষ্মীপূজা ছিল যেন একটা উৎসবের মতো।

সত্যি কথা বলতে, দুর্গাপূজার শেষ হওয়ার পর দশমীর দিনে প্রত্যেকের মনেই একটা বিষাদের ছায়া ঘনিয়ে আসে, আমার কিন্তু সেটা হতো না। কারণ আমি জানতাম, দুর্গাপূজার শেষ হওয়া মানেই লক্ষ্মীপূজা আসা, ঠাকুমার বাড়ি যাওয়া এবং পারিবারিক লক্ষ্মীপূজায় হৈ-হৈ করে আনন্দ করা।

লক্ষ্মীপুজোর দু'দিন আগেই আমরা পৌঁছে যেতাম ঠাকুমার বাড়িতে। আমরা যাবার পরই বড়মা (বড় জেঠিমা) মিষ্টি করে হেসে বলতেন, "চলে এসেছো! চলো, এবার লক্ষ্মীপূজার আয়োজন করতে হবে।" এই কথাটা যেন আমাদের মধ্যে উৎসাহের বাণ ডাকতো।

লক্ষ্মীপুজো নিয়ে বাবা, জেঠু, জেঠিমা, মায়ের মধ্যে নানান রকম আলাপ-আলোচনা চলত। কী কী আনতে হবে, তার একটি তালিকা তৈরি করা হত ত্রয়োদশীর দিন রাত্তিরে বসে। চতুর্দশীর দিন সকালে বাবা, জেঠু, পিসেমশাইরা সবাই যেতেন বাজার করতে, এবং সেই দলে আমি ছিলাম একজন গুরুত্বপূর্ণ সদস্য।

বাড়ির সবচেয়ে ছোট হওয়ার জন্য আমি তখন সকলের খুব আদরের ছিলাম। বাজারে গিয়ে সবার আগে কেনা হতো একটি

ছোট্ট সুন্দর মিষ্টি লক্ষ্মীঠাকুর। বাজার আলো করে বসে থাকা সেই লক্ষ্মী প্রতিমাগুলিকে দেখতে আমার ভারী ভালো লাগতো। তবে ঠাকুর পছন্দের ব্যাপারে কখনোই বাবা-জেঠুরা আমার মতামতকে গুরুত্ব দিতেন না।

মনে আছে, একবার বাবা-জেঠুদের অগোচরে আমি আমার পছন্দের একটি ছোট্টো লক্ষ্মীঠাকুর টুক করে ব্যাগে ঢুকিয়ে ফেলেছিলাম। বাড়িতে আসার পর বাবা তো এই মারে, কি সেই মারে! পরে জেঠু বুঝিয়ে-সুজিয়ে বাবাকে শান্ত করেন এবং লক্ষ্মীঠাকুরটি আবার দোকানে ফেরত দিয়ে আসেন।

চতুর্দশীর দিন সকালে ঠাকুমা সিন্দুক থেকে তাঁর পেতলের সমস্ত পুরনো বাসন-কোসন বার করতেন। মা, জেঠিমা, পিসিরা সকলে তেঁতুল দিয়ে মেজে সেই বাসনগুলিকে চকচকে করে তুলতেন।

একবার মনে আছে, ঠাকুমা যখন পুজোর বাসনগুলোকে বার করছিলেন, তার মধ্যে ছিল একটি ঘণ্টা। আমি ঘণ্টাটি হাতে নিয়ে বলেছিলাম যে আমি পুজোর সময় এটা বাজাবো। ঠাকুমা হেসে বলেছিলেন, "ওরে মাইয়া, লক্ষ্মীপূজায় ঘণ্টা বাজাতে নাই।"

আমি অবাক হয়ে প্রশ্ন করেছিলাম, "কেন?"

ঠাকুমা বলেছিলেন, "লক্ষ্মীদেবী খুব শান্ত, ঘণ্টার আওয়াজ তার একেবারেই পছন্দ নয়।"

তখন থেকেই আমি মনে করতাম শান্ত মেয়েরা বুঝি ঘণ্টার আওয়াজ পছন্দ করেন না।

লক্ষীপুজোর দিন সন্ধ্যেবেলা আশেপাশের বাড়িগুলো থেকে লক্ষীপূজার শঙ্খধ্বনি শোনা যেত। সেইসব বাড়ি থেকেও আমাদের নিমন্ত্রণ থাকতো। তবে বাড়ির পুজো ছেড়ে সেখানে খুব একটা যাওয়া হতো না, তাই তারা প্রসাদ আমাদের পাঠিয়ে দিতেন।

সমস্ত খিচুড়ি-ভোগ-প্রসাদ একসাথে রাখা হতো পরের দিন সকালে জলখাবারের জন্য। পরের দিন সকালবেলায় এই বাসি ভোগ-প্রসাদ খাওয়ার যে কী অসাধারণ আনন্দ ছিল, তা বোঝাতে পারবো না।

চতুর্দশীর দিন থেকে বাড়িতে শুরু হয়ে যেত এলাহী কাণ্ড!

একদিকে চলতো নারকেল কোড়া, অন্যদিকে চলতো নারকেল পাক দেওয়া। নারকেল পাক দেওয়া হয়ে গেলে পিসিরা, মা, জেঠিমা সকলে মিলে নাড়ু পাকাতে বসতেন—`চিনির নাড়ু, গুড়ের নাড়ু, ক্ষীরের নাড়ু—নানান রকমের নাড়ু হতো।

এছাড়াও নারকেলের একটি বিশেষ মিষ্টি তৈরি করতেন ঠাকুমা, যেটাকে বলা হতো "নারকেলের তক্তি" । এই তক্তি আমি ঠাকুরমা মারা যাবার পর আর কোনোদিন খাইনি।

এছাড়াও মুড়ির মোয়া, ছানার মুড়কি ইত্যাদি নানান রকমের মিষ্টি তৈরি হত। মা, ঠাকুমা, জেঠিমারা প্রায় মধ্যরাত অবধি এই সমস্ত মিষ্টান্ন প্রস্তুত করতেন।

জ্যাঠতুতো, পিসতুতো দাদা-দিদিরা ব্যস্ত থাকতো ঠাকুর সাজানোয় এবং পিটুলি গোলার আলপনা দেওয়ায়। আমি ছোট

বলে খুব একটা দায়িত্ব পেতাম না, তবে আমাকে দেখে মনে হতো বোধহয় পৃথিবীর ব্যস্ততম মানুষ!

পুজোর দিন সকাল থেকে মা, জেঠিমা, পিসিরা ব্যস্ত হয়ে পড়তেন পুজোর কাজে এবং ভোগের আয়োজনে।

ভোগ প্রধানত রান্না করতেন আমার ঠাকুমা। কারণ শুনেছি, দীক্ষা না হলে নাকি অন্নভোগ রান্না করা যায় না।

ভোগের আয়োজনে থাকতো—খিচুড়ি, লাবড়া, আলু-ফুলকপির তরকারি, পাঁচ রকম ভাজা, চাটনি, পায়েস। এছাড়া থাকতো ফল এবং ঘরের তৈরি মিষ্টান্ন। এই ভোগের স্বাদ ছিল অমৃতের মত।

শুধু আত্মীয়-স্বজন তো নয়, পাড়া-প্রতিবেশী নিয়ে প্রায় দেড়শ জন লোকের ভোগ রান্না করতেন ঠাকুমা। কোনও ক্যাটারার বা ঠাকুরের কথা ভাবাই যেত না। এছাড়াও ছিল ফল কাটা, নৈবেদ্য প্রস্তুত, আরও নানা কাজ।

সন্ধ্যেবেলায় ঠাকুরঘর আলো করে বসতেন মা লক্ষী। ঠাকুরমশাই আসতেন পুজো করতে। ঠাকুমা বলতেন, পূর্ণিমার চাঁদ মাঝ আকাশে না উঠলে নাকি কোজাগরী লক্ষীপুজা হয় না।

সারাদিন ভোগ প্রস্তুতির কাজ শেষ করে স্নান করে শুদ্ধ বস্ত্র ও আলতা-সিঁদুর পরে মা-জেঠিমারা প্রস্তুত হতেন পূজায় যোগদান করার জন্য।

আমিও বায়না করতাম আলতা পরার জন্য। তাঁরা আমার বায়না মিটিয়ে আমাকেও আলতা পরিয়ে দিতেন। একবার আমার মনে হয়েছিল, মা-জেঠিমারা যখন আলতা-সিঁদুর দুটোই পরেন, তাহলে আমি কেন শুধু আলতা পরবো?

তাই বড়মার সিঁদুরকৌটো থেকে বেশ খানিকটা সিঁদুর নিয়ে নিজের মাথায় দিয়েছিলাম। তার পরিণতি কী হয়েছিল, সেটা বলার আর অপেক্ষা রাখে না। আচ্ছা করে মার খেয়েছিলাম লক্ষীপূজোর দিন। ঠাকুমা বাবাকে বলেছিলেন, "তর মাইয়াটা বড্ড বিচ্ছু!"

যাই হোক, সমস্ত কাজকর্ম মিটিয়ে সবাই জড়ো হতেন ঠাকুরঘরে। ঠাকুরমশাই পুজো করতেন। পুজোর শেষে প্রসাদ বিতরণ এবং ভোগ পরিবেশন করা হতো আত্মীয় ও পাড়া-প্রতিবেশীদের মধ্যে। সবাই পাত পেতে বসে ভোগ খেতেন।

এই প্রসাদ বিতরণ বা খিচুড়ি পরিবেশনের দায়িত্বও থাকত বাড়ির মহিলাদের। সেখানেও আলাদা করে কোনো লোক থাকতো না।

১৯৮৮ সালে এই লক্ষীপুজোতে যোগ হয়েছিল একটি নতুন মাত্রা। সে বছর আমার জেঠতুতো দিদির বিয়ে হয়েছিল আমাদেরই পাড়ায়। জেঠতুতো দিদির শ্বশুরবাড়িও ছিল যৌথ পরিবার এবং উনাদের বাড়িতেও খুব বড় করে লক্ষীপূজো হতো।

তখন বাড়ির পুজোর সঙ্গে সঙ্গে সেই পুজোতেও আমরা অংশগ্রহণ করতে যেতাম। উনারা ছিলেন বরিশালের বাঙ্গাল, তাই উনাদের বাড়িতে আবার দেখেছি লক্ষীপূজার ভোগে ইলিশ মাছ

দেবার রীতি। বিশেষ করে ইলিশ মাছের মাথা দিয়ে কচুশাক ছিল আবশ্যিক। আমি ইলিশ মাছ খেতে ভালোবাসলেও, লক্ষীপুজোর ভোগে ইলিশ মাছ আমার একদম ভালো লাগতো না। খিচুড়ি, তরকারি, ভাজা, পায়েস—এইগুলোই ছিল সবথেকে শ্রেষ্ঠ খাবার। এবার লক্ষীপূজাকে কেন্দ্র করে আমার জীবনের একটি বিশেষ ঘটনার কথা বলি। একবার ভাদ্র মাসের পূর্ণিমায়, অর্থাৎ লক্ষীপুজোর ঠিক এক মাস আগে, আমার দিদা চিত্তরঞ্জনে আমাদের রেলের কোয়ার্টারে বেড়াতে গিয়েছিলেন।

সেদিন সারা চরাচর ভেসে যাচ্ছিল জ্যোৎস্নায়। দিদা বলেছিলেন, "দেখেছিস, এবার ভাদ্র মাসের পূর্ণিমাতেই কী রকম জ্যোৎস্না! কোজাগরী লক্ষীপুজোর দিন তো জ্যোৎস্নার বান ডাকবে রে!"

দিদা সেদিন শুনিয়েছিলেন লক্ষীঠাকুরের পাঁচালী থেকে একটি বিশেষ গল্প। পদ্মাবতী নামে এক গৃহবধূ কোজাগরী পূর্ণিমার রাত্তিরে রাজাকে দিয়ে শহরের সমস্ত অধিবাসীকে প্রদীপ নিভিয়ে রাখতে বলেছিল। শুধু নিজের গৃহে ঘি এর প্রদীপ জ্বালিয়ে বসেছিল মা লক্ষীর অপেক্ষায়। সেই রাত্রে মা লক্ষী আসেন তার ঘরে। সে মা লক্ষীকে অপেক্ষা করতে বলে এক ছুটে মিলিয়ে যায় পুকুরধার ধরে এবং আর ফিরে না। মা লক্ষী চিরতরে বন্দিনী হয়ে যান তার ঘরে। আমি অবাক হয়ে দিদাকে জিজ্ঞাসা করেছিলাম, "সত্যি কি কোজাগরী পূর্ণিমার রাতে মা লক্ষী আসেন?" দিদা সেদিন বুঝিয়ে বলেছিলেন 'কোজাগরী' কথার অর্থ। বলেছিলেন, কোজাগরী

পূর্ণিমার দিন রাতে মা লক্ষ্মী পেঁচাকে সঙ্গে নিয়ে নগর পরিক্রমায় বেরোন। আর যে মা লক্ষ্মীর অপেক্ষায় জেগে থাকে, তাকে মা লক্ষ্মী দেখা দেন। যে মা লক্ষ্মীর দেখা পায়, সে যা বর চায় তাই নাকি পূরণ হয়।

আমি অবাক হয়ে বলেছিলাম, "কী করে বোঝা যায় মা লক্ষ্মী আসেন?" দিদা বলেছিলেন, "লক্ষ্মীঠাকুর আসার আগে নাকি একটি সাদা পেঁচাকে দেখা যায়।"

আমি সরলভাবে বিশ্বাস করেছিলাম সেই কথা এবং পণ করেছিলাম সে বছর লক্ষ্মীপুজোর রাতে আমি সারারাত জেগে থাকবো। সালটা আমার মনে আছে—১৯৮৭ সাল, কারণ সে বছর রামায়ণ টিভিতে টেলিকাস্ট শুরু হয়েছিল। আমার বয়স তখন চার বছর।

সে বছর কোজাগরী পূর্ণিমার দিন পুজোর শেষে রাত্তিরবেলায় সবাই ঘুমিয়ে পড়ার পর আমি ধীরে ধীরে খাট থেকে নেমে, আমার ঠাকুমার বাড়ির পুরনো দিনের জানলায় চুপ করে বসে উঠোনের দিকে তাকিয়ে বসেছিলাম। সারা উঠোন ভেসে যাচ্ছিল দুধসাদা জ্যোৎস্নায়।

আর আমাকে অবাক করে দিয়ে, সত্যিই একটি সাদা লক্ষ্মী পেঁচা নেমে এসেছিল সেই উঠোনে! কিন্তু না, লক্ষ্মীঠাকুরকে দেখতে পাইনি। তার আগেই চোখে নেমে এসেছিল ঘুম। পরের দিন যখন সকালবেলায় ঘুম ভেঙেছিল, তখন দেখি মা আমাকে জিজ্ঞাসা

করছেন, "তুই বিছানা ছেড়ে জানলায় এসে শুয়ে আছিস কেন? হিম লেগে জ্বর হবে তো!" আমি চোখ কচলে উঠে দেখেছিলাম, সারা উঠোন ঝলমল করছে রোদ্দুরে! আমি ডুকরে কেঁদে উঠেছিলাম লক্ষীঠাকুরকে না দেখতে পাওয়ার জন্য। লক্ষীঠাকুরের কাছে যে দুটো বর আমি চাইবো ভেবেছিলাম, সেই বর দুটি হল—১) আমার ঠাকুমার বাড়ির লক্ষীপূজা যেন কখনো বন্ধ না হয়

২) আমার যে বাড়িতে বিয়ে হবে, সে বাড়িতেও মুন্নি দিদির শ্বশুরবাড়ির মত যেন বড় করে লক্ষীপূজা হয়। কিন্তু জেগে থাকতে পারিনি বলে বোধহয় মা লক্ষী আমায় এই দুটো মনস্কামনা পূরণ করেননি। ১৯৯৮ সালে ঠাকুমা মারা যাবার পর বন্ধ হয়ে যায় ঠাকুমার বাড়ির লক্ষীপূজা।

তার কয়েক বছর আগেই আত্মীয়-স্বজনরা ধীরে ধীরে পুজোয় আসা কমিয়ে দিয়েছিল, কারণ প্রত্যেকেই তখন নানা সাংসারিক ঝামেলায় জড়িয়ে পড়েছিলেন। এরপর আর আমরাও লক্ষীপূজায় চিত্তরঞ্জন থেকে কলকাতা আসতাম না। তখন সত্যিই দুর্গাপূজা শেষ হয়ে যাওয়ার পর দশমীর দিন আমার অত্যন্ত মন খারাপ লাগতো। দুর্গাঠাকুর চলে যাবার সাথে সাথে লক্ষীপূজা না হওয়ার দুঃখটাও যেন বেশি বড় করে দেখা দিত।

তখন আমার কাছে লক্ষীপূজা বলতে ছিল দুর্গাপুজোর পর ভাঙা প্যান্ডেলের লক্ষীপূজা। আর মা বাড়িতে খুব ছোট্ট করে ফল-মিষ্টি দিয়ে নিজেই লক্ষীপূজা করতেন। চিত্তরঞ্জনে রেল কোয়ার্টার্সে কারুর বাড়িতে সেভাবে লক্ষীপূজা হতে দেখিনি। আমাদের পাশে

সুমি দিদিদের বাড়িতে লক্ষীপূজা হতো খুব বড় করে, ভোগ রান্না হতো, কিন্তু সেটা হতো রাস পূর্ণিমার দিন। তাতে কোজাগরী লক্ষীপূজার সেই আস্বাদ আমি পেতাম না। ২০০১ সালে বাবা রিটায়ার করার পর আমরা চিত্তরঞ্জন ছেড়ে চলে আসি উত্তরপাড়ায়। সেখানে আমার কোন কোন বন্ধুর বা প্রতিবেশীর বাড়িতে লক্ষীপূজা হতো, এবং সেই লক্ষীপুজোতে আমার নিমন্ত্রণ থাকতো। কিন্তু সেখানে আমার ভূমিকা শুধুই অতিথি এবং প্রসাদ খাওয়া ছাড়া আর কিছু ছিল না। আমার দ্বিতীয় বরটিও মা লক্ষী পূরণ করেননি। আমার বিয়ে হয়েছিল এদেশীয় বাড়িতে। সেখানেও কোজাগরী লক্ষীপূজার কোন প্রচলন ছিল না। আমার শ্বশুরবাড়িতে লক্ষীপূজা বলতে ছিল পৌষলক্ষীপূজা, যেটা মকর সংক্রান্তির দিন পালন করা হতো। পশ্চিমবাংলার বাইরে থাকার কারণে আমি আমার ১৭ বছরের বিবাহিত জীবনে মাত্র দুবার সেই পুজোতে অংশগ্রহণ করতে পেরেছি। কিন্তু সেই পুজোতেও আমার মনের শূন্যতা পূরণ হয়নি।

আমার শাশুড়িমা যে পৌষলক্ষীর পুজো করতেন, তাতে দেখেছি মাটির হাঁড়ির মধ্যে ধান দিয়ে তাতে লাল কাপড় পরিয়ে তাকেই লক্ষীরূপে পূজা করা হতো। মা লক্ষীর মৃন্ময়ী রূপ সেখানে অনুপস্থিত।

আর সেই লক্ষীপূজা হতো দুপুরবেলায়। মকর সংক্রান্তি বেশিরভাগ সময় পূর্ণিমায় পড়তো না বলে পূর্ণিমার চাঁদ মাঝ আকাশে ওঠার কোন ব্যাপারই ছিল না। তাই লক্ষীপুজোর সেই পরিবেশটাই আমি ঠিক উপভোগ করতাম না।

ভোগের ক্ষেত্রেও অনেক তারতম্য ছিল। নারকেলের তক্তি, নাড়ু, মুড়কি—এইসবের বদলে থাকত নানান রকমের পিঠে, আর ভোগ হিসাবে থাকতো পোলাও-আলুর দম। খিচুড়ি, লাবড়া, পায়েস কিছুই থাকতো না।

২০১৪ সালে আমার শাশুড়িমা খুব অসুস্থ হয়ে পড়েন এবং ২০১৮ সালে উনি চলে যান। ফলে এই লক্ষীপুজোও বন্ধ হয়ে যায়।

আর এখন তো লক্ষীপুজা বলতে প্রবাসে বেঙ্গলি অ্যাসোসিয়েশনের লক্ষীপূজা, কিংবা কলকাতায় আমার কমপ্লেক্সের লক্ষীপূজা।

এখন মাঝে মাঝে মনে হয়—আচ্ছা, চার বছর বয়সে তো আমি সারারাত জেগে থাকতে পারিনি, কিন্তু এখন তো আমার বয়স হয়ে গেছে ৪০ বছর। এখন তো আমি ইচ্ছা করলেই সারারাত জেগে থাকতে পারি।

যদি আমি সারারাত কোজাগরী লক্ষীপুজোর দিন নিজের বেলকনিতে বসে থাকি, তাহলে কি মা লক্ষী আর পেঁচা আসবে? নাকি এই ৪০ বছরের মহিলার মনে সেই চার বছরের মেয়ের মতো সরল বিশ্বাস আর নেই? নাকি মা লক্ষী আর তার পেঁচা পথ হারিয়ে ফেলেছেন এই প্রবাসী শহরের ইট-কাঠ-পাথরের জঙ্গলে? আজও বঙ্গদেশে কোজাগরী পূর্ণিমার দিন সন্ধ্যায় ঘরে ঘরে লক্ষীঠাকুরের আরাধনা করা হয়। বেজে ওঠে মঙ্গল শঙ্খ।

কিন্তু সেই সত্তর-আশির দশকের আন্তরিকতা, ভক্তি কি আছে এখনকার পূজাগুলিতে? এখনো কি বাংলার গৃহবধূরা রাতের পর রাত জেগে নাড়ু তৈরি করেন? নাকি সবই এখন রেডিমেড পাওয়া যায় অনলাইনে?

এখনো কি লক্ষীপুজোর দিন সারাদিন ভোগ আর পুজোর জোগাড় করার পর সন্ধ্যেবেলায় গৃহবধূরা শুদ্ধ বস্ত্র আর আলতা-সিঁদুর পরে পুজোয় বসেন? নাকি তারা সকাল থেকেই ব্যস্ত থাকেন বিউটি পার্লারে? সেখানে সেলিব্রিটিদের মতো সেজেগুজে, আটপৌরে শাড়ি পরে, নাকে নথ পরে ফেসবুকে ছবি দিতেই ব্যস্ত থাকেন?

অধিকাংশ আত্মীয়-স্বজনই আসতে পারেন না লক্ষীপুজোতে। তারা সে সময় মানালি, কাশ্মীর, পুরীতে ছুটি কাটাতে ব্যস্ত থাকেন। নারকেলের তক্তি, মুড়কি—এইসবের নামই বোধহয় আজকের প্রজন্ম শোনেনি। ঠাকুরের ভোগ রান্না করার জন্য এখন কোন ব্রাহ্মণ মহিলাকে আলাদা করে নিযুক্ত করা হয়, আর সবাইকে খাওয়ানোর জন্য রান্না বা পরিবেশনের জন্য তো ক্যাটারার আছেই। খিচুড়ি, লাবড়া, তরকারি, ভাজা—এইগুলো সবই ব্রাত্য। ফ্রাইড রাইস, পনির, আলুর দম, ভেজিটেবল চপ—এইগুলোই জায়গা করে নিয়েছে লক্ষীপুজোর ভোগের তালিকায়। আজও কি কোন চার বছরের বাচ্চা মেয়ে কোজাগরী পূর্ণিমার রাত্তিরে মা লক্ষীর জন্য জানালায় বসে অপেক্ষা করে? নাকি তারা ব্যস্ত থাকে মোবাইলে ভিডিও গেম খেলায়?

যখন এইসব দেখি তখন একটা জিনিস কি মনে হয় না—শুধু আমার জীবন থেকেই নয়, সমস্ত বঙ্গজীবন থেকেই বোধহয় সেই লক্ষীপুজোর আনন্দ হারিয়ে গেছে।

সেই সত্তর-আশির দশকের আন্তরিকতাময়, ভক্তিপূর্ণ লক্ষীপুজা, সেই মা-জেঠিমার হাতের ভোগ, সেই ঠাকুরমার হাতে নারকেল নাড়ু-মুড়কি—সবই হারিয়ে গেছে বর্তমান বঙ্গজীবনের লক্ষীপুজা থেকে। মা লক্ষীও বোধহয় এখন কোজাগরী পূর্ণিমার রাত্তিরে আর "কে জাগরে" বলে নগর পরিক্রমায় বেরোন না।

তার জন্য তো আর বঙ্গবাসী অপেক্ষা করে থাকে না, কারণ সত্তর-আশির দশকের বাঙালির তুলনায় বর্তমানে বাঙালির অর্থনৈতিক স্বচ্ছলতা অনেক বেশি। মা লক্ষীকে না পেলেও তাঁর কৃপা অর্থাৎ অর্থ-সম্পদ থেকে তো তারা আর বঞ্চিত নয়। সেটাই হয়তো বর্তমান বাঙালির কাছে মুখ্য, এবং মা লক্ষীর উপস্থিতি তাঁদের কাছে গৌণ।

তাই এই কোজাগরী পূর্ণিমার রাত্তিরে মা লক্ষীর কাছে প্রার্থনা করবো—

হে মা, বাংলার ঘরে ঘরে তুমি এসো শুধু অর্থনৈতিক সমৃদ্ধি নিয়ে নয়, নিয়ে এসো সুখ, শান্তি, দয়া, মায়া। তোমার মঙ্গল আলোকে দূর হোক হিংসা, অশান্তি রূপী অলক্ষী।

J রিটায়ারমেন্ট: জীবনের এক দ্বৈত প্রস্থান

২০০১ সালের ২৮শে ফেব্রুয়ারি, সেদিন খুব সকাল-সকালে ঘুম থেকে উঠে পড়েছিল রিনি। আর সাতদিন পর থেকেই তার উচ্চমাধ্যমিক পরীক্ষা শুরু, তাই পড়াশোনার চাপ রয়েছে বিস্তর। সেদিন ছিল মধ্য ফাল্গুনের রোদ ঝলমলে একটি সুন্দর দিন, তবে ফেব্রুয়ারি মাসের শেষেও ঝাড়খণ্ড অধ্যুষিত রেলওয়ে শহরে বেশ ভালোই ঠান্ডা ছিল।

সেদিন ছিল রিনির ১৮তম জন্মদিন, অর্থাৎ নাবালক থেকে সাবালক হওয়ার দিন। সেই সঙ্গে দিনটির আরেকটি বিশেষত্ব ছিল—সেদিন বাবা রিটায়ার করতে চলেছিলেন তার দীর্ঘ ৪১ বছরের কর্মজীবন থেকে। আসলে বাবার ও জন্ম ফেব্রুয়ারি মাসে। কেন্দ্রীয় সরকারি চাকরির নিয়ম অনুসারে, ৬০ বছর পূর্ণ হলে একজন সরকারি কর্মচারী রিটায়ার করেন এবং রিটায়ারমেন্ট জন্ম মাসেই হয়। বাবাও ২০০১ সালের ১৪ই ফেব্রুয়ারি ৬০ বছর পূর্ণ করেছিলেন।

বসার ঘরে বেরিয়ে এসে রিনি দেখেছিল বাবা শেষবারের মতো অফিসে যাওয়ার জন্য তৈরি হচ্ছেন। বাবাকে জন্মদিনের প্রণাম করতে গেলে বাবা মাথায় হাত রেখে জোরে হেসে উঠে বলেছিলেন, "শুভ জন্মদিন রিনি। তুই আজকে এডাল্ট হলি আর আমি আজকে সিনিয়র সিটিজেন হলাম।"

বাবার কথাগুলো শুনে খুব মজা পেয়েছিল রিনি। সত্যিই কি অদ্ভুত মিল! তার আর বাবার মধ্যে। কিন্তু কয়েক মাস পরে জীবন তাকে দেখিয়েছিল বাবার বলা কথার সত্যতা। রিনির সাবালোকত্ব শুধু সংখ্যায় নয়, তার জীবনের মোড় পুরোপুরি ঘুরিয়ে দিয়েছিল।

যাইহোক, স্কুটিটা বার করে শেষবারের মতো ডিউটিতে চলে গেলেন বাবা। রেলওয়ে কোয়ার্টার্সের বারান্দায় দাঁড়িয়ে বাবার শেষ ডিউটিতে যাওয়া দেখল রিনি। এবং খুব অবাক হয়ে দেখল, মা ও তার পাশে এসে দাঁড়িয়েছেন। বাবার অফিস যাওয়ার সময় মা সাধারণত বাইরে এসে দাঁড়ান না, কিন্তু আজ হয়তো তিনিও শেষবারের মতো প্রত্যক্ষ করতে চান বাবার দীর্ঘ কর্মজীবনের শেষ দিনটিকে।

দীর্ঘ ২৬ বছর ধরে সকালবেলা বাবার নির্দিষ্ট টাইমে ডিউটি যাওয়াটা মায়ের জীবনেরও তো একটা অপরিহার্য অঙ্গ হয়ে উঠেছিল। আজ তার চিরপরিসমাপ্তি। মায়ের চোখটাও হয়তো চিকচিক করে উঠেছিল সেই মুহূর্তে। হোস্টেলে থাকার জন্য দিদি এই মুহূর্তে সাক্ষী হতে পারেনি।

সেদিন রিনির জন্মদিন, তাই মা রিনির পছন্দমতো রান্নাবান্না করেছিলেন এবং অবশ্যই সঙ্গে ছিল নলেন গুড়ের পায়েস। সারাদিন কেটে গিয়েছিল উচ্চমাধ্যমিক পরীক্ষার প্রস্তুতিতে।

বিকেলবেলায় বাবা বাড়ি এসেছিলেন, সঙ্গে তার কয়েকজন সহকর্মী। তাদের হাতে ছিল নানা উপহার—সুটকেস, দেয়াল ঘড়ি,

ফুলের তোড়া, পেন, মিষ্টির প্যাকেট। সে বছর উচ্চমাধ্যমিক পরীক্ষার কারণেই হোক বা অন্য কোনো কারণেই হোক, রিনির জন্য আলাদা করে কোনো জন্মদিনের উপহার আসেনি। কিন্তু বাবা অফিস থেকে ফিরে সবার আগে রিনির কাছে গিয়ে তার হাতে একটা উপহারের প্যাকেট তুলে দিয়ে বলেছিলেন, "নে, তোর বার্থডে গিফট।"

উপহারের প্যাকেটটা খুলে দেখেছিল—মৈত্রেয়ী দেবীর বিখ্যাত উপন্যাস 'ন হন্যতে'। এটি বাবার একজন সহকর্মী আলাদাভাবে বাবাকে উপহার দিয়েছিলেন। রিনি বরাবরই গল্প শুনতে এবং গল্পের বই পড়তে খুব ভালোবাসে। খুব আনন্দ হয়েছিল তার এই উপহারটা পেয়ে।

সন্ধ্যাবেলায় বাবার কয়েকজন ব্যাচমেট বাবার সঙ্গে দেখা করতে এসেছিলেন। উনারা সবাই রিটায়ারমেন্টের দরজায় দাঁড়িয়ে রয়েছেন। কারোর হয়তো দু'বছর, কারোর হয়তো আড়াই বছর চাকরি বাকি রয়েছে। এই ব্যাচমেটদের সঙ্গেই তো বাবা তার কর্মজীবন শুরু করেছিলেন।

বাবা যখন তার ব্যাচমেটদের সঙ্গে গল্প করছিলেন, তখন রিনি পায়ে পায়ে এসে দাঁড়িয়েছিল পর্দার আড়ালে। আগেই বলেছি, রিনি গল্প শুনতে বড্ড ভালোবাসতো, তাই বাবা যখন তার কর্মজীবনের শেষ দিনটির অভিজ্ঞতা তার ব্যাচমেটদের সঙ্গে ভাগ করে নিচ্ছিলেন, তখন রিনিও মন দিয়ে শুনছিল সেই ঘটনা।

বাবা বলছিলেন, কর্মজীবনের শেষ দিনটির কথা। সেদিন তাকে কেউ কোনো কাজ করতে দেয়নি। সারাদিন কেটেছে গল্পে-গুজবে। ঠিক সকাল দশটার সময় জিএম অফিস থেকে একটি গাড়ি এসে রিনির বাবাকে এবং আরও যারা যারা রিটায়ার করছেন, তাদের সকলকে একত্রে তুলে নিয়ে যায় জিএম অফিসে এবং তাদেরকে বসানো হয় জিএম অফিসের একটি নির্দিষ্ট ঘরে।

ঘরে রাখা সারবদ্ধ চেয়ার এবং একদম সামনে একটি টেবিল-চেয়ার, যা জেনারেল ম্যানেজারের জন্য নির্দিষ্ট। নির্দিষ্ট সময়ে জিএম এসে বসেন সামনের চেয়ারটিতে। একজন বেয়ারা এসে চা-বিস্কুট তুলে দেন সবার হাতে। সকলের সঙ্গে জিএম-ও চা-বিস্কুট গ্রহণ করেন। তারপর একে একে নাম ডাকা হয় অবসরপ্রাপ্ত রেল কর্মীদের।

প্রত্যেকের হাতে তুলে দেওয়া হয় গ্র্যাচুইটি, প্রভিডেন্ট ফান্ডের কাগজপত্র সমেত একটি ব্যাগ, একটি গোলাপ ফুল, এবং প্রত্যেক কর্মচারীর নিজস্ব ধর্মমত অনুযায়ী একটি করে ধর্মগ্রন্থ। এরপর শুরু হয় অবসরপ্রাপ্ত কর্মচারীদের উদ্দেশ্যে জেনারেল ম্যানেজারের বিদায়ী ভাষণ। ভাষণ শেষে প্রস্থান করেন তিনি।

এরপর নির্দিষ্ট গাড়িটিতেই আবার প্রত্যেকটি রেলওয়ে কর্মীকে নামিয়ে দেওয়া হয় তাদের নিজস্ব অফিসে। সেখানে চলে ফেয়ারওয়েল প্রোগ্রাম, খাওয়া-দাওয়া, উপহার প্রদান। ব্যাচমেটদের কাছে বাবার কর্মজীবনের শেষ দিনের অভিজ্ঞতার

গল্পের মাধ্যমে রিনি সেদিন জানতে পেরেছিল তাদের শহরের রেলওয়ে কারখানার রিটায়ারমেন্ট নিয়মাবলী।

পরের দিন সকাল, পয়লা মার্চ। সেদিনও যথারীতি তাড়াতাড়ি ঘুম থেকে উঠেছিল রিনি। বাইরে বেরিয়ে দেখেছিল, রেলওয়ে কোয়ার্টারের বাগানে বাগানে একটি ইজি চেয়ারে চাদর মুড়ি দিয়ে আধশোয়া হয়ে বসে রয়েছেন তার বাবা। মধ্য ফাল্গুনের প্রভাতী সূর্যের আভা সরাসরি এসে বাবার মুখে এসে পড়েছে।

অন্যদিন এই সময় ডিউটিতে চলে যেতেন বাবা। আশেপাশের কোয়ার্টার থেকে সমস্ত রেলওয়ে কর্মচারীদের ডিউটি যাওয়া হয়ে গিয়েছিল। সেদিন বাবাকে দেখে বুকের মধ্যে তীব্র বেদনার অনুভূতি হয়েছিল রিনির। বাবাকে যেন যুদ্ধশেষ হয়ে যাবার পর এক রণক্লান্ত সৈনিকের মতো লাগছিল।

১৮ বছরের তরুণীর মধ্যে হয়তো এতটা জীবনদর্শন আসেনি, কিন্তু "বাবা আর কোনদিন ডিউটিতে যাবে না"—এই অমোঘ সত্যিটা যেন তাকে ফালাফালা করে দিয়েছিল। রিটায়ার তো কালের নিয়মে সকলকেই করতে হয়, কিন্তু বাবারই রিটায়ারমেন্ট কেন এত মনখারাপের মধ্যে তাকে ঠেলে দিয়েছিল, তা কোনোদিন বুঝতে পারেনি।

তাহলে কি রিনির আগামী জীবনে আগত নিষ্ঠুর বাস্তবতার আগাম ইঙ্গিত দিয়ে গিয়েছিল বাবার অবসর জীবনের সেই প্রথম সকাল?

বাবার অবসর জীবনের প্রথম সকালের সেই ছবিটি চিরকাল রিনির মনে ছিল। যখনই তার জন্মদিন আসত, তখনই সেই চিত্রটি তার চোখের সামনে ভেসে উঠত।

বাবার রিটায়ারমেন্টের কয়েক মাস পরেই তারা রেলওয়ে টাউনশিপ ছেড়ে চিরতরে চলে আসে কলকাতার উপকণ্ঠের একটি শহরতলিতে। একটি বনের হরিণীকে যদি শহরের ইট-কাঠ-পাথরের মধ্যে ছেড়ে দেওয়া হয়, তাহলে তার যে অবস্থা হয়, রিনির জীবনে সেই অবস্থা হয়েছিল।

রেলওয়ে শহরের পাহাড়ি রাস্তা দিয়ে কৃষ্ণচূড়া গাছের ছায়ায় সাইকেল চালিয়ে স্কুল যাওয়া রিনিকে ব্যান্ডেল-হাওড়া লোকালের চাপাচাপি ভিড়, কলকাতার বাসে বাদুড়ঝোলা হয়ে কলেজ যাওয়ার নিদারুণ অভিজ্ঞতার সম্মুখীন হতে হয়েছিল।

১৮টা বছর স্কুলের সাংস্কৃতিক আবহে পড়াশোনা করার পর, কলকাতার কলেজে গিয়ে দেখেছিল ছাত্র রাজনীতির নগ্ন রূপ—শিক্ষার নামে প্রহসন। চিত্তরঞ্জনের পাহাড়ি সৌন্দর্য, প্রাকৃতিক সুশীতলতার জায়গায় তার জীবনে এসেছিল—মিটিং, মিছিল, রাজনৈতিক হানাহানি, বায়ু দূষণ, ট্র্যাফিক জ্যাম অধ্যুষিত কলকাতা শহর।

পাহাড়ি ঝর্ণা হঠাৎ যেন গতিপথ পরিবর্তন করে এসে পড়েছিল এঁদো ডোবায়।

এর সঙ্গে যুক্ত হয়েছিল বাবার অবসর-পরবর্তী জীবনের কিছুটা অর্থনৈতিক অসচ্ছলতা এবং পারিবারিক অশান্তি—যার সম্মুখীন রিনিকে আগে কখনো হতে হয়নি।

রিনির বহুবার মনে হয়েছে, বাবা যদি এত তাড়াতাড়ি রিটায়ার না করতেন, তাহলে হয়তো এই অনভিপ্রেত জীবনের সম্মুখীন তাকে হতে হতো না।

কলকাতা শহরের মানুষের মানসিকতা, চিন্তাভাবনা, জীবনযাত্রা, এবং বাবার রিটায়ারমেন্ট রিনির জীবনে যে গভীর প্রভাব ফেলেছিল—এবং সেই প্রভাব যে নেতিবাচক, সে বিষয়ে সন্দেহের কোনো অবকাশ ছিল না।

এর কয়েক বছরের মধ্যেই রিনির বিয়ে হয়ে গেছিল এবং স্বামীর কর্মস্থলে আসার পর সে খানিকটা হলেও মুক্তি পেয়েছিল কলকাতার অপছন্দের জীবন থেকে। তারপর কালের নিয়মে কেটে গেছে প্রায় ১৭টা বছর। আবার রিনির জীবনে এসেছিল আরেকটা রিটায়ারমেন্টের সকাল।

২০১৭ সালের ৬ই আগস্ট, রবিবার—সমস্ত আকাশ ঢাকা ছিল কালো মেঘে, চরাচর ডুবিয়ে বৃষ্টি নেমেছিল সেদিন। সেদিন ছিল বাংলার বাইশে শ্রাবণ। ড্রয়িং রুমের টিভিতে রবীন্দ্রনাথের গান বাজছিল। রিনির স্বামী মোবাইল ফোনটা হাতে ধরিয়ে দিয়ে বলেছিল, “তোমার দিদির ফোন।” ফোনটা কানে নিতেই রিনি শুনতে পেয়েছিল দিদির কাঁপা কাঁপা কণ্ঠস্বর— “বাবা আর নেই।”

আশ্চর্যের ব্যাপার—এত বছরে বাবার কত ছবি তো রিনির মনের মনিকোঠায় জমা ছিল, কিন্তু খবরটা শোনার সঙ্গে সঙ্গে মুহূর্তের মধ্যে তার চোখের সামনে ভেসে উঠেছিল বাবার অবসর জীবনের প্রথম সকালের ইজি চেয়ারে আধশোয়া সেই দৃশ্যটা! বাবা কি তাহলে আজ পৃথিবী থেকেই রিটায়ার করলেন?

চোখের জলে ঝাপসা হয়ে যাচ্ছিল চারিদিক। টিভিতে বাজছিল রবীন্দ্রনাথের গান— "জীবন মরণের সীমানা ছাড়িয়ে বন্ধু হে আমার রয়েছ দাঁড়ায়ে" ।

সকলেই বারবার অনুরোধ করেছিল, এমনকি রিনির স্বামীও তাকে বলেছিল প্লেনে গিয়ে বাবাকে শেষ দেখা দেখতে। কিন্তু রিনি রাজি হয়নি। সে ট্রেনে গিয়ে যখন পৌঁছেছিল, তখন বাবার দাহকার্য সমাপ্ত হয়ে গেছিল।

অনেক আত্মীয়-স্বজন, পাড়া-প্রতিবেশীর কটু কথার সম্মুখীন হতে হয়েছিল রিনিকে—কেমন মেয়ে? বাবাকে শেষ দেখা দেখতে এলো না!

কিন্তু বাবার কর্মজীবনের রিটায়ারমেন্টের সাক্ষী সে হয়েছিল এবং সেই রিটায়ারমেন্ট-পরবর্তী জীবনটা মোটেও তার কাছে আনন্দের ছিল না। তাই বাবার পৃথিবী থেকে রিটায়ারমেন্টের সাক্ষী আর সে হতে চায়নি।

কর্মজীবনে অবসরের পর বাবা তো তাও ছিলেন, কিন্তু সেদিন তো বাবার উপস্থিতি একেবারে শেষ হয়ে গেছিল। তাই পৃথিবী

থেকে অবসরের প্রাক্কালে বাবার সেই নিষ্প্রাণ, নিথর দেহ আর সে দেখতে চায়নি।

এই দুটি অবসরের মধ্যে অনেক পার্থক্য ছিল। প্রথম অবসরে বাবা কর্মজীবন থেকে অবসর নিয়েছিলেন, কিন্তু তার উপস্থিতি রয়ে গেছিল রিনির জীবনের প্রতিটি ক্ষেত্রে। আর আজ বাবা পুরোপুরি অনুপস্থিত হয়ে গেলেন রিনির জীবনে।

কর্মজীবনের অবসরের আভাস বহু আগে থেকেই সবাই পেয়েছিল, কিন্তু পৃথিবী থেকে বাবা সম্পূর্ণ বিনা আভাসেই চলে গেলেন। এতটুকু আভাস তিনি কাউকেই দিয়ে যাননি।

তবে দুটো রিটায়ারমেন্টের মধ্যে মিলও ছিল বিস্তর।

বাবার কর্মজীবনের রিটায়ারমেন্ট রিনিকে যেমন ঘোর বাস্তবতার সম্মুখীন করিয়েছিল, তেমনি বাবার মৃত্যুর পরেও সে দেখেছিল— কিছু কাছের মানুষ কীভাবে দাঁত-নখ বের করে হায়নার মতো ঝাঁপিয়ে পড়েছিল তার জীবনে।

বাবা নামক সেই বিশাল বটগাছটার জন্যই বুঝি তারা তাদের নখ থাবাগুলো বার করতে পারছিল না।

কাছের মানুষের বিশ্বাসঘাতকতা, তাদের ভেতরের কদর্য রূপ সেই ১৮ বছর বয়সের মতো রিনিকে আবার এক স্বার্থপর, নিষ্ঠুর পৃথিবীর মুখোমুখি দাঁড় করিয়েছিল। চেনা মানুষগুলো মুহূর্তের মধ্যে কেমন যেন অচেনা হয়ে গেছিল রিনির জীবনে।

‘রিটায়ারমেন্ট’ শব্দটা যেন একটা বিভীষিকা হয়ে উঠেছিল রিনির জীবনে। আরেকটি আশ্চর্য মিল হল—রিনির ১৮ বছরের জন্মদিনে বাবা যেদিন কর্মজীবন থেকে অবসর নিলেন, তার হাতে মনে করে তুলে দিয়েছিলেন একটি উপহার। আর বাবার মৃত্যুর পর রিনি জানতে পেরেছিল, বাবা পৃথিবী থেকে অবসরের আগে তার জন্য ঠিক একটা উপহার রেখে গেছেন।

বাবার হাতের মধ্যমা আঙুলের ডালিম পাথর বসানো সোনার আংটিটি—যা বাবাকে বিয়ের সময় দাদু দিয়েছিলেন। বাবা বরাবর এটি পড়ে থাকতেন হাতে। সেটি তিনি রিনির জন্য দিয়ে গেছেন।

কাউকে আভাস না দিলেও বাবা কি নিজে আভাস পেয়েছিলেন এই পৃথিবী থেকে তার অবসরের?

এই আংটিটি রিনি এখন তার নিজের হাতে সবসময় পড়ে থাকে, আর বাবার দেওয়া মৈত্রী দেবীর সেই বিখ্যাত উপন্যাস ‘ন হন্যতে’ এখনো রিনির বইয়ের আলমারিতে যত্ন করে রাখা আছে।

বাবার অবসর জীবনের দুটি জ্বলন্ত অভিজ্ঞান হয়ে রিনির জীবনে আজও সেগুলো বিদ্যমান।

K একটি স্মরণীয় পিকনিক

মধ্য ডিসেম্বরের একটি সুন্দর রৌদ্রজ্জ্বল সকাল। সমুদ্র শহর বিশাখাপত্তনমে শীতের অনুভুতি সেভাবে টের পাওয়া যায় না। বরঞ্চ শীত এখানে খানিকটা বসন্তকেই মনে করায়। অন্যান্য দিনের মতো আজকেও বিশাখাপত্তনম স্টিল প্ল্যান্টের দিল্লি পাবলিক স্কুলের সমস্ত স্টুডেন্টরা জড়ো হয়েছিল স্কুলে, তবে আজকে তাদের উদ্দেশ্য পড়াশোনা করা নয়। শীতকাল মানেই তো পিকনিক, সেই জন্যই দিল্লি পাবলিক স্কুলের ক্লাস নাইনের সমস্ত স্টুডেন্টদের আজ নিয়ে যাওয়া হচ্ছিল পিকনিক করতে।

ইতিমধ্যেই স্কুল প্রাঙ্গণে জড়ো হয়েছিল পিকনিক বাসগুলি। ছাত্রছাত্রী এবং শিক্ষক-শিক্ষিকারা ব্যস্ত হয়ে পড়েছিলেন পিকনিকের প্রয়োজনীয় সাজসরঞ্জাম বাসে তুলতে। এছাড়া ছাত্রছাত্রীরা প্রত্যেকেই নিয়ে এসেছে ভলিবল, ক্রিকেট ব্যাট, বল, উইকেট, ব্যাডমিন্টন র‍্যাকেট ইত্যাদি। জিনিসপত্র বাসে তোলা হয়ে গেলে প্রত্যেক ছাত্রছাত্রী বাসে উঠে নিজ নিজ আসন গ্রহণ করল।

তিতলি (যার একটা পোশাকি নাম আছে ঐশীকা বসেছিল) তার প্রিয় বান্ধবী ঈশিতার পাশে। দুজনের মধ্যেই আলোচনা হচ্ছিল পিকনিকের স্থান নির্বাচন নিয়ে। প্রায় কয়েকশো একর জমি নিয়ে তৈরি বিশাখাপত্তনম স্টিল প্ল্যান্টের টাউনশিপ। বিশাল ফ্যাক্টরি, কোয়ার্টার্স, তিন-চারটে স্কুল, মন্দির, মার্কেটপ্লেস, হসপিটাল, তিন-চার খানা পার্ক—কি নেই তার মধ্যে! এমনকি প্রাকৃতিক উপাদান

বলতে যা বোঝায়, মানে জঙ্গল, সমুদ্র সৈকত, পাহাড়, ড্যাম—সবই উপস্থিত এই টাউনশিপের মধ্যে।

স্টিল প্ল্যান্ট টাউনশিপটি অনেকটা ঝাড়খণ্ড অধ্যুষিত কোনো শহরের কথা মনে করায়। অর্থাৎ পুরো টাউনশিপ প্রচুর গাছ-গাছালি এবং জঙ্গলের দ্বারা আবৃত এবং তার মধ্যে কৃষ্ণচূড়া গাছের আধিক্য সবচেয়ে বেশি চোখে পড়ে। আজকে দিল্লি পাবলিক স্কুলের স্টুডেন্টদের পিকনিক করতে নিয়ে যাওয়া হচ্ছিল টাউনশিপের ভেতরেই স্বর্ণজয়ন্তী পার্কে। ভাইজাগ একটি টুরিস্ট প্লেস, এখানে অসংখ্য দেখার জায়গা আছে, কিন্তু তা সত্ত্বেও টিচাররা হয়তো স্টুডেন্টদের নিরাপত্তার কথা ভেবে টাউনশিপের ভেতরে একটি পার্ককে পিকনিকের জন্য নির্বাচন করে থাকেন। এই নিয়ে ডি.পি.এস স্টুডেন্টদের মনে কিঞ্চিত ক্ষোভ আছে। তিতলি এবং ঈশিতা তাই নিয়েই কথা বলছিল। "ধুর, প্রতিবার ওই একই জায়গা, নতুন করে আর দেখার কী আছে?"

কিন্তু তারা স্বপ্নেও ভাবেনি, তাদের চির পরিচিত এই পিকনিক স্পটে এবার তারা এমন একটি নতুন জিনিস দেখবে, যা হয়তো তারা ভাইজাগের কোনো টুরিস্ট প্লেসে তো নয়, এমনকি ভবিষ্যতেও তারা আর কোথাও দেখতে পাবে না।

যথাসময়ে বাস ছাড়ল এবং সকাল ন'টার মধ্যেই বাস পৌঁছে গেল নির্দিষ্ট স্থানে। বাস থেকে নেমে এলো স্টুডেন্টরা। চারিদিকে ফুলে ফুলে রঙিন হয়ে আছে পার্কটি। ফুলে ফুলে ঘুরে বেড়াচ্ছে রঙিন প্রজাপতি, কৃষ্ণচূড়া গাছগুলিতে ফোটা ফুলগুলি বার্তা দিচ্ছে

আগামী বসন্তের। ছাত্রছাত্রীদের মনে হওয়া আনন্দের জোয়ার, তাদের চোখমুখ দেখে মনে হচ্ছে, "প্রজাপতি এ মন মেলুক পাখনা" । পিকনিক শুরু হয়ে যায় পুরোদমে। ভেজিটেবল নাগেটস, পাস্তা, মাঞ্চুরিয়ান এবং নুডলস দিয়ে শুরু হয় সকালের জলখাবার। তারপর শিক্ষিকারা ব্যস্ত হয়ে পড়েন নিজেদের মধ্যে গল্প-গুজবে এবং স্টুডেন্টরাও মেতে ওঠে খেলাধুলায়।

সময় এগিয়ে চলে, বেলা তখন একটা কি দেড়টা। তিতলি এবং ঈশিতা হাঁটতে হাঁটতে পৌঁছে যায় পার্কের শেষ প্রান্তে, বাউন্ডারি ওয়ালের কাছে। একটি বিশাল বাউন্ডারি ওয়াল দিয়ে ঘেরা স্বর্ণজয়ন্তী পার্ক। বাউন্ডারি ওয়ালের একটি জায়গায় একটা ছোট্ট লোহার গেট আছে, যেটা তালা দিয়ে বন্ধ করা। গেটের ওই পাশে একটি জলের ড্যাম। শীতকালে বিশেষ জল থাকে না সেখানে। ড্যামের চারিদিকে অনেকটা জায়গা জুড়ে ছড়িয়ে আছে পাথুরে জমি, তারও পরে শুরু হয়েছে ঘন জঙ্গল।

খুব নিস্তব্ধ পরিবেশ চারিদিকে। তিতলি ও ঈশিতা গেটের কাছে দাঁড়িয়ে প্রাকৃতিক সৌন্দর্য দেখছিল। এমন সময় তাদের নজরে পড়ে একজন বৃদ্ধা মহিলা পিছন ফিরে ড্যামের ধারে বসে রয়েছে। পিছন দিক থেকে তার ধবধবে কোমর অবধি সাদা চুল ছাড়া আর কিছুই প্রায় দেখা যাচ্ছিল না। হঠাৎ ওই মহিলা উঠে দাঁড়িয়ে ধীরে ধীরে পিছন ফিরে তাকায় তিতলি ও ঈশিতার দিকে। ভদ্রমহিলার চেহারা দেখে আতঙ্কে হিম হয়ে যায় দুজনে। প্রায় ৫ ফুট ১০ ইঞ্চি লম্বা (যা সাধারণত কোনো মহিলার হয় না), কালো কুচকুচে গায়ের

রং, কোমর অবধি ধবধবে সাদা চুল, পরনে ধূসর রঙের শাড়ি এবং কপালে রক্ত তিলক—সবচেয়ে ভয়ংকর তার চোখ দুটি। ধবধবে সাদা চোখ দুটিতে নেই কোনো মনির উপস্থিতি!

প্রচণ্ড আতঙ্কে দুজনেই এক মুহূর্তের জন্য চোখ বন্ধ করে ফেলেছিল। তখনই ঘটে এক আশ্চর্য ঘটনা। তিতলি এবং ঈশিতার থেকে ওই মহিলার দূরত্ব ছিল প্রায় ২৫ ফুট। কিন্তু যে মুহূর্তে তারা চোখ খোলে, তারা দেখে ওই মহিলা দাঁড়িয়ে রয়েছে একদম তাদের সামনে! অর্থাৎ ২৫ ফুট দূরত্ব ওই মহিলা এক মুহূর্তেই চলে এসেছে! প্রচণ্ড আতঙ্কে মানুষের মধ্যে এক মরিয়া সাহসের সৃষ্টি হয়। তার ফলেই দুই বান্ধবী পিছন ফিরে দৌড়ে পালানোর চেষ্টা করে, কিন্তু সেখানেও ঘটে এক বিপত্তি! সামনেই পড়েছিল এক খণ্ড পাথর, যাতে হোঁচট খেয়ে ঈশিতা মুখ থুবড়ে পড়ে যায়। বাঁ পায়ের গোড়ালিতে বেশ জোরে আঘাত লাগে তার।

তিতলি ও ঈশিতার আর্তনাদে ততক্ষণে ছুটে এসেছে অন্যান্য ছেলেমেয়েরা। তিতলির কাছে ওই ভয়ংকর মহিলার গল্প শুনে তারা ছুটে যায় গেটের কাছে, কিন্তু কাউকেই দেখতে পায় না। এমনকি তিতলির একজন বন্ধু আদিত্য পাঁচিলের উপর উঠে দাঁড়িয়ে দেখার চেষ্টা করে ওই মহিলাকে। পাঁচিলের উপর থেকে জঙ্গলের ভেতরে অনেক দুর অবধি দেখা যায়, কিন্তু সেখানে দুর দুর অবধি কোনো মানুষের চিহ্ন নেই। এর মধ্যে ছুটে এসেছেন সমস্ত শিক্ষক-শিক্ষিকারা। তারা সাময়িক শুশ্রূষা করে ঈশিতাকে স্থানীয় হসপিটালে নিয়ে যান। সেখানে গেলে দেখা যায় ঈশিতার বাঁ পায়ের

গোড়ালিতে সামান্য ক্র্যাক হয়েছে। তার বাবা-মাকে ফোন করা হলে উনারা এসে ঈশিতাকে বাড়ি ফিরিয়ে নিয়ে যান। তারপর পিকনিক শেষ করে বাড়ি ফিরে আসে সকলে।

রাত্তিরে প্রচণ্ড জ্বর আসে তিতলির। তখন সে ভয়ে সমস্ত কথা খুলে বলে বাবা-মাকে। তারা আপ্রাণ বোঝাতে চেষ্টা করেন যে দুজনেই হয়তো কোনো হ্যালুসিনিয়েট করেছিল। তিতলির বাবা এসব একদমই বিশ্বাস করেন না। তিনি বলেছিলেন, হয় চোখের ভুল নয়, কোনো সাধারণ মহিলাকেই তারা ভূত ভেবে ভুল করেছে।

যাই হোক, তিতলির মা পরবর্তীকালে স্টিল প্ল্যান্টের অনেক আবাসিকের সাথে কথা বলে জেনেছেন, স্টিল প্ল্যান্ট টাউনশিপের ভেতরে অনেক জায়গাতেই অনেক অতিপ্রাকৃত ঘটনার সাক্ষী হয়েছে ওই টাউনশিপের অনেক মানুষ।

যাই হোক, জানা যায়নি ওটা সত্যিই কোনো অতিপ্রাকৃত ঘটনা ছিল, নাকি সাধারণ ঘটনা। তবে তিতলি ও ঈশিতার অভিজ্ঞতার ঝুলিতে জমা হয়েছিল যে একটি নতুন ঘটনা, সে বিষয়ে সন্দেহের অবকাশ নেই।

এই গল্পে উল্লিখিত তিতলি আমার নিজেরই কন্যা। পাঠকদের কাছে অনুরোধ, আপনারা এ বিষয়ে আপনাদের মতামত কমেন্টের মাধ্যমে লিখে জানাবেন।

L রাতের আকাশ ও গ্রিক পরুাণ

রাতের আকাশে আমরা দেখতে পাই ছোট-বড় অসংখ্য তারা। যখন অনেকগুলি তারা সম্মিলিত রূপে একটি আকৃতি গঠন করে, তখন আমরা তাকে বলি তারামণ্ডল বা ইংরেজিতে 'কনস্টেলেশন'। এই তারামণ্ডল নিয়ে আমাদের ভারতীয় পুরাণে তৈরি হয়েছে যেমন অসংখ্য কাহিনী, তেমনি এই তারামণ্ডল দিয়ে গ্রিক উপকথাতেও আছে অসংখ্য কাহিনী। আমার আজকের গল্প গ্রিক পুরাণের এরকমই কয়েকটি চরিত্র নিয়ে। রাতের আকাশে আমরা উত্তর দিকে দেখতে পাই ধ্রুবতারা বা পোলার স্টার। তার চারিদিকে বেশ কতকগুলি তারামণ্ডল লক্ষ্য করা যায়। গ্রিসের মানুষ এই তারামণ্ডলগুলির নামকরণ করেছিলেন থেসেউস, ক্যাসিওপিয়া, পার্সিউস এবং অ্যান্ড্রোমিডা। এই চরিত্রগুলো নিয়ে গ্রিক পুরাণে যে কাহিনী আছে, তা লিপিবদ্ধ করব আজ। প্রাচীন গ্রিসের সমুদ্রতীরবর্তী একটি রাজ্য ইথিওপিয়া। এখানে রাজত্ব করতেন রাজা থেসেউস ও তার রানি ক্যাসিওপিয়া। তাদের ছিল এক অপরূপ সুন্দরী কন্যা, যার নাম অ্যান্ড্রোমিডা। গ্রিক পুরাণ অনুসারে সমুদ্রের অধিপতি দেবতা ছিলেন পসেইডন এবং তাঁর স্ত্রী রানি নেরেইডরা। রানি ক্যাসিওপিয়া নেরেইডদের কাছে নিজের এবং কন্যা অ্যান্ড্রোমিডার রূপের অহংকার করেছিলেন। এর ফলে নেরেইডরা রেগে গিয়ে সমুদ্রের অধিপতি পসেইডনের কাছে নালিশ করেন। পসেইডন ক্ষুব্ধ হয়ে ইথিওপিয়ার উপকুলে পাঠিয়ে দেন সেডাস নামে এক সমুদ্রদানবকে এবং তাকে নির্দেশ দেন, তার লেজের ঝাপটায় সুনামির সৃষ্টি করে সমস্ত ইথিওপিয়াকে ধ্বংস

করে দিতে। প্রথমে থেসেউস অনেক বীরযোদ্ধাকে পাঠিয়ে চেষ্টা করেছিলেন ওই সমুদ্রদানবকে পরাস্ত করতে, কিন্তু তারা প্রত্যেকেই নিহত হয় সমুদ্রদানবের হাতে। এরপর পসেইডন শর্ত দেন— যদি রাজা তার একমাত্র আদরের কন্যা অ্যান্ড্রোমিডাকে সমর্পণ করেন সমুদ্রদানব সেডাসের হাতে, তাহলেই তিনি মুক্তি দেবেন ইথিওপিয়াকে। রাজা দুঃখিত হয়ে পড়লেন, কিন্তু তার হাতে কোনও উপায় ছিল না। ইথিওপিয়াকে বাঁচাতে গেলে এটাই ছিল একমাত্র পথ। সমুদ্রতীরে একটি বিশাল পাথরের উপরে শিকল দিয়ে বেঁধে রাখা হলো অ্যান্ড্রোমিডাকে। সেডাস সাঁতরে এসে তাকে নিয়ে যাবে। ইথিওপিয়ায় যখন এসব ঘটনা ঘটছিল, তখন গ্রিসের আরেকটি রাজ্যে ঘটছিল আরেকটি ঘটনা। পার্সিউস ছিলেন গ্রিসের একজন মহান বীর। তিনি গ্রিক দেবরাজ জিউস এবং রাজকন্যা ডানিয়ের পুত্র। কিন্তু ভাগ্যের পরিহাসে তিনি মানুষ হয়েছিলেন সমুদ্রতীরবর্তী একজন জেলের কাছে। কিন্তু নিজের বীরত্বের জোরে তিনি লাভ করেছিলেন একটি সোনার তলোয়ার এবং একটি ডানাওয়ালা মন্ত্রপূত চটি, যেটি পায়ে পড়ে আকাশে ওড়া যায়। তিনি সেই সময় রওনা হচ্ছিলেন গর্গনদের রানী মেডুসাকে হত্যা করার জন্য। গর্গনরা ছিল একদল ডাইনি, যাদের বাস ছিল সমুদ্রের মাঝে নির্জন দ্বীপে। অত্যন্ত কুৎসিত দেখতে ছিল এদের। মাথায় চুলের বদলে কিলবিল করত সাপ এবং এদের রানী মেডুসার চোখের দিকে যে তাকাত, সে মুহূর্তে পাথরে পরিণত হতো। সমুদ্র দিয়ে বাণিজ্যের জন্য যে সমস্ত জাহাজ যাতায়াত করত, গর্গনরা তাদের আক্রমণ করত এবং মেডুসা নিজের চোখের দৃষ্টি দিয়ে সেই

সমস্ত নাবিকদের পাথরে পরিণত করত। নাবিকদের এই করুণ কাহিনী ব্যথিত করেছিল পার্সিউসকে। সে প্রতিজ্ঞা করেছিল, এই ডাইনিদের হত্যা করে সে নাবিকদের বিপদমুক্ত করবে। তাই একদিন রাতে সে রওনা দিল সারপেডন দ্বীপে। চুপি চুপি প্রাসাদে প্রবেশ করে পার্সিউস মেডুসাকে পেছন থেকে আক্রমণ করে তার চোখের উপর কালো কাপড় চাপা দিল প্রথমে, তারপর সোনার তলোয়ার দিয়ে কেটে ফেলল মেডুসার মাথা। মেডুসার মাথাটা চুপচাপ থলিতে ভরে নিয়ে আসার সময় সে আগুন লাগিয়ে দিল সমস্ত দ্বীপে। অন্যান্য গর্গনরা পুড়ে মারা গেল সেই আগুনে। এরপর সে তার ডানাওয়ালা মন্ত্রপূত চটি পরে রওনা দিল নিজের বাড়ির দিকে। ইথিওপিয়ার উপর দিয়ে উড়ে যাওয়ার সময় পার্সিউস দেখতে পেল, নিচে সমুদ্রের ধারে একটি বড় পাথরের ওপর বেঁধে রাখা হয়েছে এক অপরূপ সুন্দরী কন্যাকে, আর এক বিশাল সমুদ্রদানব ধেয়ে আসছে তার দিকে। মুহূর্তের মধ্যে সে লাফিয়ে পড়ল সমুদ্রদানবের ওপর। অনেকক্ষণ ধরে যুদ্ধ চলল তাদের মধ্যে।

তারপর পার্সিউস অ্যান্ড্রোমিডার দিকে তাকিয়ে বলল, চোখ বন্ধ করতে। অ্যান্ড্রোমিডা চোখ বন্ধ করলে পার্সিউস থলি থেকে বের করে মেডুসার সেই ভয়ঙ্কর মাথা দেখাল সেই সমুদ্রদানবকে। মুহূর্তের মধ্যে সমুদ্রদানব পাথরে পরিণত হল। ইথিওপিয়ার কাছে সমুদ্রের একটি দ্বীপে পরিণত হল সেই সমুদ্রদানব। অ্যান্ড্রোমিডাকে বন্ধনমুক্ত করে পার্সিউস নিয়ে গেল তার বাবা-মায়ের কাছে। তারা অত্যন্ত আনন্দিত হলেন এবং রাজা অ্যান্ড্রোমিডাকে সমর্পণ

করলেন পার্সিউসের হাতে। অ্যান্ড্রোমিডাকে বিয়ে করে থেসেউসের রাজ্যের অধীশ্বর হলেন পার্সিউস। মৃত্যুর পর ঈশ্বর তাদের আকাশের তারামণ্ডলে পরিণত করলেন, যাতে যুগের পর যুগ মানুষ সেই তারামণ্ডলগুলিকে দেখে স্মরণ করে পার্সিউস, অ্যান্ড্রোমিডা ও তাদের মা-বাবাকে।

পুনশ্চ:

মেডুসা ছিলেন গ্রিসের রাজধানী এথেন্সে দেবী এথেনার মন্দিরের একজন সুন্দরী মহিলা পুরোহিত। তিনি প্রেমে লিপ্ত হয়েছিলেন সমুদ্র দেবতা পসেইডনের সাথে। তার ফলে দেবী এথেনা ক্ষুব্ধ হয়ে তাকে অভিশাপ দিয়ে মেডুসাতে পরিণত করেন। পার্সিউস তাকে হত্যা করে শাপমুক্ত করেন।

M রামায়ণের একটি বিস্মত চরিত্র

আজ কলম ধরলাম রামায়ণের একটি বিস্মৃত এবং অত্যন্ত উল্লেখযোগ্য চরিত্রের কাহিনী এখানে লিপিবদ্ধ করব বলে। শুধু উল্লেখযোগ্য নয়, এই চরিত্রটি না থাকলে হয়তো রামের জন্মই হতো না এবং রামায়ণের সৃষ্টি হতো না।

চরিত্রটির উল্লেখ করার আগে আমি যদি পাঠকদের জিজ্ঞেস করি—অযোধ্যার রাজা দশরথের কয়টি সন্তান ছিল? সকলেই বলবে চারটি পুত্রসন্তান—রাম, লক্ষণ, ভরত, শত্রুঘ্ন। কিন্তু অধিকাংশ মানুষই জানেন না, রাজা দশরথ ও তার রানী কৌশল্যার প্রথম সন্তান ছিল একটি কন্যা। তিনি ছিলেন রাজকন্যা শান্তা—রামের বড়দিদি।

কৌশল্যার গর্ভে যখন শান্তার জন্ম হয়, দশরথ একটু মনঃক্ষুণ্ণ হয়েছিলেন, কারণ তিনি চেয়েছিলেন একটি পুত্রসন্তান। আজকের মতো সে যুগেও কন্যাসন্তান ছিল ব্রাত্য। বংশ এবং সাম্রাজ্য রক্ষার জন্য প্রয়োজন ছিল কেবল পুত্রসন্তানের।

যাই হোক, দশরথ আশা করেছিলেন তিনি হয়তো আবার পুত্রসন্তানের পিতা হবেন। কিন্তু শান্তার জন্মের কয়েক বছর পরেও যখন দশরথ পুত্রসন্তানের পিতা হলেন না, তখন তিনি মনে মনে শান্তাকে অপয়া এবং তার পুত্রহীনতার কারণ হিসেবে গণ্য করলেন।

এই সময় অযোধ্যায় বেড়াতে এলেন রানী কৌশল্যার বোন ও ভগ্নিপতি—অঙ্গ দেশের রাজা রমাপদ এবং রানী ভার্শিনি। তারা

ছিলেন নিঃসন্তান দম্পতি। দশরথের মুখে সমস্ত শুনে তারা শান্তাকে দত্তক নিতে চাইলেন। সানন্দে রাজি হলেন রাজা দশরথ। রাজা রমাপদকে দিয়ে প্রতিজ্ঞা করিয়ে নিলেন—কখনো শান্তাকে অযোধ্যার রাজকন্যা হিসেবে পরিচয় দিতে পারবেন না এবং শান্তা যেন আর কখনোই অযোধ্যায় প্রবেশ না করতে পারেন।

রাজি হলেন রমাপদ। শান্তাকে নিয়ে তিনি চলে গেলেন অঙ্গদেশে। অঙ্গদেশে নিঃসন্তান রাজা-রানীর কাছে অত্যন্ত আদরে বড় হতে লাগলেন শান্তা। ক্রমে তিনি যুবতী হয়ে উঠলেন। শান্তা ছিলেন অপূর্ব রূপ-লাবণ্যের অধিকারিণী—সেইসঙ্গে বেদপাঠ, ধনুর্বিদ্যা, অশ্বচালনায় সমান পারদর্শী।

কয়েক বছর অনাবৃষ্টির ফলে খরা নেমে এলো অঙ্গদেশে। রাজা বৃষ্টি নামানোর জন্য এক যজ্ঞের আয়োজন করলেন। এই যজ্ঞের আচার্য রূপে এলেন তরুণ ঋষি ঋষ্যশৃঙ্গ। যজ্ঞ ভূমিতে শান্তাকে দেখে তার রূপে মুগ্ধ হলেন ঋষ্যশৃঙ্গ।

রাজা যখন প্রতিজ্ঞা করলেন—যদি তরুণ ঋষি যজ্ঞের দ্বারা বৃষ্টি নামাতে পারেন, তাহলে তিনি যা চাইবেন রাজা তাই তাকে প্রদান করবেন—তখন মৃদু হাসি খেলা করে গেল ঋষ্যশৃঙ্গর ঠোঁটে।

যজ্ঞ সমাপ্ত হবার পর বৃষ্টি এলো সমস্ত অঙ্গদেশজুড়ে। শস্য-শ্যামলা হয়ে উঠল অঙ্গরাজ্য। রাজা রমাপদ ঋষ্যশৃঙ্গকে তার প্রতিজ্ঞা অনুযায়ী দক্ষিণা চাইতে বললেন। ঋষ্যশৃঙ্গ নিজের স্ত্রী হিসেবে চেয়ে নিলেন রাজকন্যা শান্তাকে।

একমাত্র কন্যাকে আশ্রমবাসী এক ঋষির সঙ্গে বিয়ে দেবার ইচ্ছে ছিল না রাজা রমাপদের। কিন্তু তিনি ছিলেন প্রতিজ্ঞাবদ্ধ, তাই অনিচ্ছাসত্ত্বেও শান্তাকে প্রদান করলেন ঋষ্যশৃঙ্গের হাতে।

শান্তা অবশ্য এতে বিশেষ দুঃখিত হলেন না। রাজ পোশাক এবং দামী অলঙ্কার খুলে রেখে আশ্রম বধূদের মতো পরিধান করলেন গেরুয়া শাড়ি। পতিব্রতা আর্য নারীর মতো স্বামীর হাত ধরে যাত্রা করলেন তপোবনের উদ্দেশ্যে।

তপোবনের ভগবানের আরাধনায় এবং স্বামীর সেবায় সুখেই দিন কাটছিল শান্তার। যথাসময়ে তার কোল আলো করে জন্ম হলো তিনটে ফুটফুটে সন্তানের।

কিন্তু আশ্চর্যের বিষয়, শান্তাকে পরিত্যাগ করার এত বছর পরেও রাজা দশরথ পুত্রসন্তানের পিতা হতে পারেননি। গুরু বশিষ্ঠের নির্দেশে রাজা দশরথ আয়োজন করলেন পুত্রেষ্টি যজ্ঞের। কিন্তু এই যজ্ঞের আচার্য হতে রাজি হলেন না আর্যাবর্তের কোনও ঋষি—কারণ এই যজ্ঞের নিয়ম অনুসারে আচার্যকে তার সমস্ত পুণ্যফল আহুতি দিতে হবে যজ্ঞের আগুনে, এবং সেই পুণ্যফল থেকেই রাজা দশরথ পুত্রসন্তান লাভ করবেন।

সমস্ত কথা কানে গেল শান্তার। তার মনে জন্ম নিল এক প্রতিজ্ঞা—যে পিতা একদিন তাকে পুত্রহীনতার কারণ হিসেবে পরিত্যাগ করেছিলেন, আজ তিনি তাঁর পিতার পুত্রপ্রাপ্তির কারণ হবেন।

স্বামীর কাছে গিয়ে তিনি অনুরোধ করলেন তার পিতার পুত্রেষ্টি যজ্ঞের আচার্যের পদ গ্রহণ করতে। অবাক হলেন ঋষ্যশৃঙ্গ। তিনি শান্তার কাছে পুত্রেষ্টি যজ্ঞের নিয়মের উল্লেখ করলেন।

শান্তা স্বামীকে খুলে বললেন তার প্রতিজ্ঞার কথা। অবশ্য আরও একটি কারণ ছিল—শান্তা ও ঋষ্যশৃঙ্গ ছিলেন দরিদ্র দম্পতি। তাদের কাছে সন্তানদের মানুষ করার জন্য প্রয়োজনীয় অর্থ ছিল না। এই যজ্ঞে রাজা দশরথ প্রভূত পরিমাণ অর্থ প্রদান করবেন আচার্যকে। তাই দিয়ে শান্তা তার তিন সন্তানকে ভালোভাবে মানুষ করতে চেয়েছিলেন।

আরও একটি বাধা ছিল—এই যজ্ঞে আচার্যের সঙ্গে আচার্যপত্নীকেও সমানভাবে অংশগ্রহণ করতে হয়। কিন্তু রাজা দশরথ তো শান্তাকে অযোধ্যায় প্রবেশ করতে নিষেধ করেছিলেন।

শান্তা তার স্বামীকে বললেন, তিনি দশরথের কন্যা হিসেবে নয়—ঋষ্যশৃঙ্গের স্ত্রী হিসেবে অযোধ্যায় প্রবেশ করবেন। অযোধ্যার কোনও মানুষ জানবে না তার পরিচয়। সম্মত হলেন ঋষ্যশৃঙ্গ।

যথাসময়ে আচার্য ও আচার্যপত্নী রূপে অযোধ্যায় প্রবেশ করলেন তারা, সমস্ত কর্তব্য সম্পন্ন করলেন। নির্বিঘ্নে শেষ হল যজ্ঞ। যজ্ঞের পায়েস খেয়ে গর্ভবতী হলেন দশরথের তিন রানি, এবং জন্ম হল অযোধ্যার চার রাজপুত্রের।

কাউকে কিছু না জানিয়ে আশ্রমে ফিরে গেলেন ঋষ্যশৃঙ্গ ও শান্তা।

আশ্রম ফিরে এসে ঋষ্যশৃঙ্গ শান্তাকে বললেন, তিনি যজ্ঞে তার সমস্ত পুণ্যফল আহুতি দিয়েছেন, তাই পুনরায় সেই পুণ্যফল অর্জনের জন্য তাকে হিমালয়ে তপস্যা করতে যেতে হবে। পতিব্রতা নারী শান্তা স্বামীর পুণ্যার্জনের পথে বাধা হলেন না।

ঋষ্যশৃঙ্গ চলে গেলেন তপস্যা করতে, শান্তা তার তিন সন্তানকে মানুষ করার কাজে ব্রতী হলেন।

এরপর কালের নিয়মে কেটে গেছে অনেক সময়। রাজা দশরথের মৃত্যু হয়েছে, রাম ১৪ বছরের বনবাস এবং রাবণ বধের শেষে লক্ষণ ও সীতা সমেত ফিরে এসেছেন অযোধ্যায়। রাজা হিসেবে অভিষিক্ত হয়েছেন অযোধ্যার রাজসিংহাসনে।

শান্তার তিন সন্তান কৃতী হয়েছেন, ঋষ্যশৃঙ্গ পুণ্যফল অর্জন করে পুনরায় ফিরে এসেছেন শান্তার কাছে।

বৈদিক যুগের নিয়ম অনুযায়ী শান্তা ও ঋষ্যশৃঙ্গ সিদ্ধান্ত নিলেন এবার তারা গার্হস্থ্য জীবন শেষ করে বানপ্রস্থের পথে পা বাড়াবেন।

কিন্তু এই বানপ্রস্থের আগে ঋষ্যশৃঙ্গ স্থির করলেন, রাজা রামের কাছে গিয়ে শান্তার জন্য স্বীকৃতি ও সম্মান দাবী করবেন। মর্যাদা পুরুষোত্তম রাম সমস্ত আর্যাবর্তে তার ন্যায় বিচারের জন্য বিখ্যাত। সেই অনুসারে ঋষ্যশৃঙ্গ অযোধ্যায় গিয়ে রাজা রামের কাছে শান্তার সম্মান ও স্বীকৃতির দাবি জানালেন। কিন্তু অস্বীকৃত হলেন রাম।

তিনি বললেন, তার পিতা যে কন্যাকে স্বীকৃতি দেননি এবং অযোধ্যায় প্রবেশ নিষেধ করেছিলেন, তাকে তিনি ও স্বীকৃতি দেবেন না।

বিফল মনোরথ হয়ে ফিরে এলেন ঋষ্যশৃঙ্গ। স্বামীর কাছে সব কথা শুনলেন শান্তা। মনে মনে তিনি এটাই প্রত্যাশা করেছিলেন।

স্বামীর হাত ধরে ঘন অরণ্যের পথে পা বাড়ালেন তিনি।

তারপর কেটে গেছে আরও অনেক সময়। সীতার পাতালপ্রবেশ ঘটেছে, দেহত্যাগ করেছেন লক্ষণ। অরণ্যে ঋষ্যশৃঙ্গ ঋষিও দেহত্যাগ করেছেন।

শান্তা অরণ্যে একাই তপস্বিনীর জীবন-যাপন করছেন।

রাজা রাম সিদ্ধান্ত নিলেন—পৃথিবীতে মানব লীলা অবসানে তিনি ভরত ও শত্রুঘ্ন সমেত এবার বৈকুণ্ঠধামে যাত্রা করবেন।

সংবাদ পৌঁছালো শান্তার কানে।

সেদিন রামের তিরোধান প্রত্যক্ষ করার জন্য সরযু নদীর পাড়ে সমবেত হয়েছিল হাজার হাজার মানুষ। শান্তা এসে দাঁড়ালেন অযোধ্যার সীমান্তে, সরযু নদীর তীরে।

যে ভাইদের জন্মের তিনি ছিলেন মূল উদ্যোক্তা, তিনি প্রথম সেদিন তাঁর ভাইদের দেখতে পেলেন—যেদিন তারা পৃথিবী ছেড়ে অনন্ত ধামের উদ্দেশ্যে যাত্রা করছেন।

দূর থেকে সজল নয়নে ভাইদের প্রত্যক্ষ করে পুনরায় গহন অরণ্যে হারিয়ে গেলেন শান্তা।

যে নারীর ত্যাগকে কেন্দ্র করে জন্ম হয়েছিল যুগপুরুষের, যে নারীর ত্যাগকে কেন্দ্র করে রচিত হয়েছিল একটি মহাকাব্য, সৃষ্টি হয়েছিল আর্যাবর্তের অনন্য ইতিহাস—তার ত্যাগকে কোনও মূল্য দেয়নি তৎকালীন আর্যসমাজ।

বাল্মীকী রামায়ণে শান্তার উল্লেখ থাকলেও পরবর্তীকালে আরো যতগুলি রামায়ণ লেখা হয়েছে, সেখানে শান্তার প্রসঙ্গ আশ্চর্যভাবে অনুপস্থিত।

রামায়ণের ট্রাজিক চরিত্র বলতে আমরা বুঝি সীতাকে। কিন্তু শান্তার ট্র্যাজেডি কি সীতার থেকে কোনও অংশে কম ছিল?

তবে হ্যাঁ, একটা বিষয়ে শান্তা সীতার থেকে এগিয়েছিলেন—সীতার স্বামী রাম রাজা হয়েও সীতাকে পরিত্যাগ করেছিলেন, বারবার অগ্নিপরীক্ষার মুখে ফেলেছিলেন, এমনকি জীবনের কঠিন সময়ও তার পাশে ছিলেন না। কিন্তু ঋষ্যশৃঙ্গ, একজন দরিদ্র ঋষি হয়েও সব সময় শান্তার পাশে ছিলেন—শক্ত করে ধরে ছিলেন তার হাত।

তাই জীবনের অনেক না পাওয়ার মাঝেও তার স্বামীর অকৃত্রিম ভালোবাসা পরম প্রাপ্তি হয়ে উঠেছিল শান্তার জীবনে।

www.ingramcontent.com/pod-product-compliance
Lightning Source LLC
La Vergne TN
LVHW090409210926
848480LV00002B/510